GAEA

Gaea

陰
陰陽なる途
陽
路
林綠——著
05

陰陽路

陰陽なる途

目錄

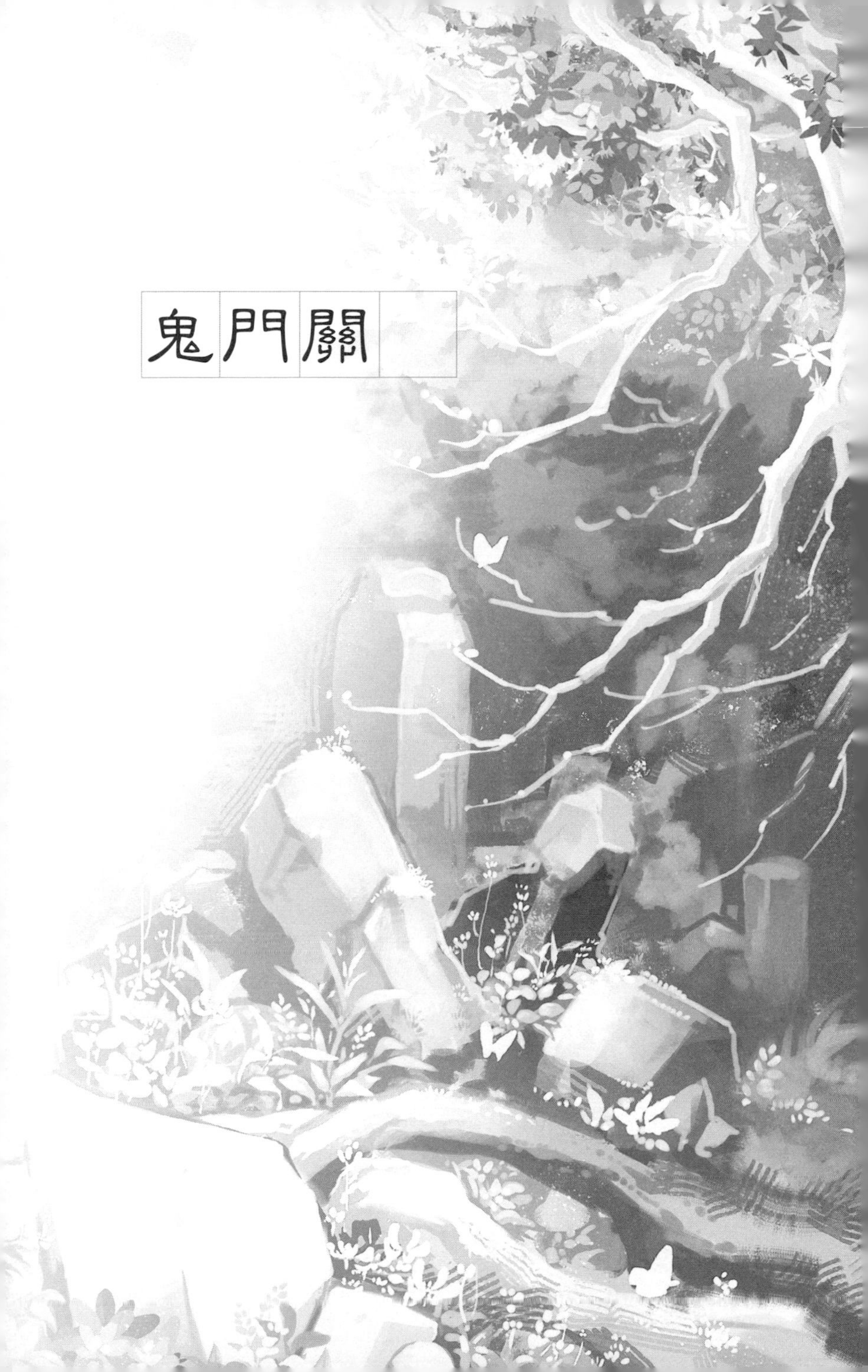
鬼門關

那一年七月末，我溫暖的小家庭遭到前所未有的威脅。

閉實的窗戶不時傳來搖晃的喀喀聲，像是有人用指尖用力敲擊玻璃的聲音，而七樓高的窗外不可能有人，有的只是密密麻麻的五指手印。

我在被窩裡捂緊孩子的耳，雙臂也把他環得死緊，不讓他去聽那些令人害怕的鬼哭。

夜正深，家裡僅有的燈火，不足以抵抗那龐大的黑暗，幾乎要把我們母子倆拖進濃濁的暗處。

然而，小夕卻掙開我，恍惚地走向陽台，起了音，唱出眞正的安魂曲。

□

「大哥，你有沒有泳褲？」

夏天就是這點好，一坐下來吃飯，就讓我聽到血脈賁張的話題。

「兔子，什麼什麼半裸、黑色緊實的小褲褲？」

我殷切地詢問，可是阿夕只把涼拌筍子挾給小七，小七說了聲好吃，然後就沒了下文，完全不理會他們愛子心切的老母。

他們排擠我，我也只能安份進食，然後偷偷地向對面的熊寶貝眨眼，誘拐小熊跳下嬰兒椅，搖搖晃晃地來到媽媽腳邊。我冷笑一聲，扔了筷子，把熊寶貝攬進懷中。挾持住兩人的小弟，看他們還敢不聽媽媽的話！

「說，把小褲褲的事交代清楚！」我發狠地喊道，阿夕和小七都冷冷地看過來。「不然我就要把油滋滋的炸蝦拿去祭拜小熊的牌位，讓他消化不良！」

天啊，這世上竟然有如此狠心的老母，林之萍，妳眞是唱作俱佳的天才，不去挑戰奧斯卡實在太可惜了。

沒想到小七趁我不注意，使出乾坤大挪移，兩手拍拍，就把小熊變到他手中，然後氣得隨手拿熊砸我頭，害我和熊寶貝都嚎哭不止。

「叫你不要被她耍著玩，不聽嘛！既然有種不長進，就不要給我哭，笨熊仔！」

小熊被兔子教訓了一頓，委屈地從餐桌直接跑向阿夕討抱抱，不免沾上些湯湯水水。大兒子直皺眉，但還是拿紙巾幫熊寶貝仔細擦乾淨。

平時熱絡的小餐桌陷入沉默，似乎是我害的，那麼身爲母親就必須挺身化解這份尷尬。

「小七，媽媽有史努比泳衣喔！」我不計前嫌地湊過去小兒子身邊，用肩膀偷偷蹭著他的手臂。

「誰問妳了！」小七火大地瞪了賢良的母親一眼。「我同學上禮拜去海水浴場，遇上溺水事件，好在人沒事。他們幫忙救援的時候，有人在水中聽見奇怪的聲音，像是一男一女在說話，表示要在關鬼門之前海幹一場，所以這個假日我要去巡查。」

原來這就是小褲褲的起因，我沉吟了一會兒，問小七有什麼縝密的計畫。

「就是，我去海邊盯著那些爲惡的鬼怪，直到鬼差把它們捉回去。」

聽起來，我家兔子根本想也沒想。夏日最後的艷陽、大海與泳裝美女，難道不該好好規劃一下稍縱即逝的青春嗎？

阿夕又挾了絲瓜蒸餃過來，瞄向牆邊的月曆說：「要過夜？」

小七朝阿夕鄭重地點頭，都沒詢問媽媽的意見。

「週末剛好是各大學暑假的最後一個禮拜，那裡又是熱門景點，你有訂到房間嗎？」

「訂房間？」小七反問，他的海邊之旅似乎不包括「住宿」這個選項。「免啦，地上拍一拍就能睡，不要被浪打到就好了。」

眞是令人不敢相信，這是幾百年前來的流浪美少年？連阿夕都對他弟好生好養的程度感到無言。

「小七，要替你準備什麼？」林今夕自從山難回來之後，就一直對七仙呵護有加。可能是在生死一線過後，驚覺到身邊的乖兔子是多麼地難能可貴，要做好保育措施才行。

「不用了，我會自己找飯吃，今夕哥才要好好保重身體。」小七垂著眼，由衷地對他大哥說道，眞是百分之百的純良小動物。

阿夕擱下筷子說：「媽，准妳揉亂他的頭髮。」

「謝主隆恩！」收到皇上的許可令，我便惡虎撲羊地把小七抱個滿懷，他還用一點也不可怕的軟音埋怨我們母子倆發什麼神經，全然不曉得自己說了什麼惹人憐愛的話。

等我們一家人吃飽，阿夕把小七帶到他房間試穿小褲褲，我牽著熊，笑臉吟吟地跟過去，卻被反鎖在門外。

我很寂寞地靠在門邊偷聽他們說話，依稀傳來「會不會太大」與「卡參有點緊」的閨房密語；安靜一會兒之後，還發出兩聲彈性絕佳的清響。

太卑鄙了，林今夕！身爲淫魔的我，怎麼可能不曉得房間裡發生了什麼事。他終於忍受不住，對小七的屁屁伸出魔爪了，不愧是我的大兒子！

房門突然打開，阿夕面無表情地比著我，又比向媽媽房間。我不依，他卻怪罪我十多年來將他潛移默化成對小男生下手的變態。

「阿夕，看著他，總是想摸兩下，對吧？」我堆滿笑，今夕那雙深灰眸子低睨著。「我愛你，你愛小七，小七喜歡媽媽，林家生態系才能維持平衡。」

看著爲人們奔波的呆兔子，卻沒有嘲笑他做白工，還不由得替他著想，就是一種憐惜的感情。

阿夕還想反駁我，小七卻在這時從門板後探出綿軟的腦袋瓜。

「怎麼了？大姊還沒亂完？」七仙那雙明亮的異色眸子，朝我眨動兩下。我幾乎忽略他不禮貌的問話，忍不住偷摸兔子的頭毛兩把。「大姊，妳先和熊仔到一邊去玩，今夕哥要教我關於青春期發育的事。男女有別，妳不要像個變態偷窺。」

我搭上阿夕的肩，請他務必把這椿肥缺交給媽媽。想當初林今夕還是個小男生，健康教育課都是賢良的母親我來包辦。

「媽，再說一次，走開。」

「大姊，閃！」

我微笑了好一陣子，直到再次被鎖在房門外，才知道兩個兒子多麼狠心。熊寶貝看我假哭，爪子輕拍媽媽的背安撫，還帶我去看他堆起的熊城堡。

等我和小熊玩得不亦樂乎時，阿夕抱著熟睡的小七出來。他說剛才抽空教了弟弟兩頁英文文法，小七就在書桌前睡得昏天暗地，沒辦法，只能先帶他回房間。

我之前偷抱過打盹的小七一次，因爲每次看阿夕很輕鬆地料理他弟，也想挑戰看看。和常人相反，我家兔子失去意識後不會變得像鐵塊沉重，反而輕盈起來，大約兩顆蘋果重。老王說，這種情況就好比傳統習俗中，鬼魅踩在香灰上只有薄薄一層腳印，與在人世的質量不成比例。只是小七不是陰森森的鬼，而是位半神。

我把阿夕招來，叫他先把白嫩的兔子放下，趁他還沒開學被學生事務綁住，我要抓緊時間讓他陪我和小熊寶貝。

林今夕把小七放到沙發上，挪好位子，抱起等候已久的熊寶貝，和我並肩看著社會新聞。每次他二話不說爲我犧牲原本規劃好的行程時，我心頭總是泛起一層全糖甜度的暖意。

只可惜電視不是報導溫馨的消息，而是以驚悚的標題列出今年陰七月溺水死亡總人數，破二十年新高。還有通靈人士神祕透露，這一切都是由於冥界系統出了紕漏，才會引起這麼大規模的捉交替。之前流感也是一個陰氣大盛的高峰，好在有道教公會全力壓下，島上的百姓才倖免於難。

說起來，我們家小七那時候也是人類救星之一。想與阿夕分享養到英雄兔的喜悅，他卻蹙起那雙勻稱的眉，散發出美男子的憂鬱，直到我去撩撥他的眼鏡，他才回過神來。

「媽，別玩。」

「兒子，有什麼事都要跟媽咪說喔！」

前些日子，林家牧場因爲林之萍一時不察，差點造成荒廢抵押的慘劇。有了暑假的教訓，媽媽說什麼也不讓寶貝兒子獨自懷抱沉重的小祕密。

林今夕的眼角略略瞥向小七，說：「有空先管管妳這個義無反顧去捉鬼的小寶貝。」

「吃醋啦！」我樂得大笑，戳了下阿夕繃起的臉頰。「兔子外表毛皮柔軟，但他裡子眞的是個勇敢的孩子。」

小七保護人的那股傻勁，相信阿夕也見識過了，再險惡的情況也無所畏懼，只要是他所堅持的正途，就會一直走下去。

「那我呢？」林今夕反問，我才想起他十九年人生中的小弱點。要不是因爲引發小褲褲的事件正中他的死穴，他早在小七說要去海邊的時候，就會準備好接送的車輛。

我的大兒子，十八歲之前都叫「小夕」或「小夕夕寶貝兒」，有與生俱來、關不起來的陰陽眼，吃過鬼魅無數悶虧，尤其在冥府嘉年華的陰七月，每當天黑之後，他除了這個家，哪裡也不去，更別說不是人類地盤的山林和水濱。

今年好在家裡多了小七護身符，阿夕只要朝他弟招招手，帶著這個神仙兔子出門，那台黑機車就再也沒有發生原因不明的爆胎或打滑犁田，既有平安符的功用，又有乖小七作陪、幫哥哥提菜籃，日子過得愜意可愛，害我差點忘了阿夕有多討厭這個特屬於鬼的時節。

「你就留一個被小七贏過的缺點嘛，他又不會因爲自己是幼弟就耍賴，也不管你才貌兼備、文武雙全，他還是會站在前頭保護你。」

阿夕看著睡一睡就蜷成銀絲捲的小七，兔爪子擱在白皙的小臉旁，大帥哥眉頭皺得更緊。被小動物保護著的阿夕，可能覺得自己很沒面子，而這點彆扭就是我大兒子之所以難搞的可愛之處。

「我能提供他物質上的需求，但不包括妳最喜歡的愛。」阿夕一手遮住小七那隻側躺而露出的耳朵，一手壓住我傾聽的右耳。「我可以從妳身上學習，模仿相似的感情給妳，而這就是我能辦到的極限，不能再多了。」

阿夕自從自小玄子道觀回家以後，身心總是懸在谷底爬不起來，連最愛的吉他也不碰，夜半只有壓抑過的咳嗽聲。

他始終不承認喪母之痛，我這個媽媽卻覺得他還沒認清什麼是失去的悲傷，畢竟，這些年他真正的生活圈子，只有我和小七他們。雖然阿夕是個全能型的兄長，但小七在這方面反倒比他來得成熟許多。

「唉，你這個小笨蛋。」我家的寶貝們實在讓人心疼。

阿夕冷了我一記眼神，不懂媽媽已在心裡把他抱在懷裡惜惜了好幾遍。

「媽，我先聲明，這個週末……」

「等等，我才要先問清楚攸關我們林家未來的大哉問！」

我搶在阿夕頒布禁足令之前，嚴肅地逼供適才房門內的祕密，如果今晚不求個明白，中年婦女的夢遊跳舞症就會發作給兒子們看。

「林今夕，老實說，你究竟有沒有偷打小七的屁屁？」

阿夕倏然起身，抱起熟睡的兔子，把他運到小七的窩，又出來把小熊招去他身邊，讓我半個兒子都沒得玩。在我抗議哭鬧之前，阿夕突然朝我媚惑一笑，說：「是又如何？」

我瞪大眼，他竟然光明正大地承認性騷擾小七，還敢笑得那麼漂亮。全家人都愛玩兔子，卻只有我被抹黑成變態，不公平！

「媽，反正我的感情路早就糟得不能再糟了。還有，妳才是大笨蛋。」

阿夕關上房門，我一時間還沒回復過來。曾幾何時，那個靠在我臂彎輕柔唱歌的小可愛，已經蛻變成一名絕世大妖孽。

雖然感傷，但我卻在睡前吃吃地笑到闔眼。

□

星期五我下班，小七正好放學，我們一起從巷口走回老公寓，他嘴裡嚷著我這年紀一把的女人別老是丟人現眼，抓著他的小爪子不放，卻始終沒抽回手，溫順地握住我的手心。

我們兔子母子回來沒多久，阿夕也帶了一袋日用品進屋。在客廳裡把過夜所需的衣物、用具，仔細地裝進毛茸茸的兔子背包裡。小七蹲在他大哥旁邊，直瞅著旅行袋。

「我有做一些三明治，還有馬鈴薯沙拉，你餓了直接吃。」

「大哥，謝謝。」

阿夕拍拍小七的髮，小七開心地瞇起眼，湊過去抱住阿夕，而阿夕則微妙地怔了一下。

見證到小兔子向哥哥撒嬌的瞬間，媽媽我拉著行李箱，心花怒放地撲了過去。

他們卻同時動作，小七跳離我三尺遠，阿夕則大力扯動媽媽已經開始鬆弛的眼角皮。

我唉唉叫著，痛痛痛！

「大姊，妳不是去洗澡嗎？這是怎麼回事！」

小七指著我的古董行李箱。誠如他所見，媽媽要跟小七出去玩。

我為了配合他的毛色，特別選了一件中空白色泳衣，還拿出暗藏三年的藤編高跟涼鞋，滿心期待夏日海灘上的艷遇。

「玩個頭，我是去降鬼，妳別跟來添亂，不然我……」擠不出可怕的威脅，小七只好看向阿夕求救。

我想反正昨天阿夕才拖過地，一不做二不休，趴在地板上打滾哭么。

「不管不管，媽媽要跟兔子去海邊玩！我要玩兔子！嗚嗚嗚！」

「大姊，妳都幾歲了！」

年輕貌美的三十九歲，正是青春快要什麼也不剩的珍貴年紀。

「大哥，你快說說她啊！」

林今夕偏頭沉思了下，偏灰的眸子睨著，該不該犧牲他小弟，換得兩天假日不被母親騷擾的清閒？

「我明後天要去學校團練。小七，小傢伙也給你帶著。」阿夕決定獻祭。

「你說『也』？包括這女人嗎？」小七的神情驚恐再驚恐，不敢相信阿夕一個動念，就決定了海邊之旅的成員。

我過去拉著小七的手搖，就算他作勢甩掉，我還是緊緊地抓牢在手中。

「兔子，媽媽小時候住山上，每次暑假，家裡的長輩都會帶我到海水浴場，你爺也就是我爸，很會游泳，都會充當我的充氣浮板，是個充滿快樂回憶的地方。我和小七一起去的話，一定也會累積許多有趣的奇遇。」

小七有些動搖，除去「鬼」那回事，這趟行程就只是母親與她可愛的小兒子一起到海邊遊玩。上次蘇老師帶他們全班去北海岸戶外教學，據傳照片過來的小晶晶表示，小七只不過去踢踢兩下水，就玩得好高興，請美麗的之萍小姐有機會務必帶小朋友再到海邊玩個痛快，順便洗去暑假討厭的海水印象。

「大姊，妳從頭到尾都搞錯了，沒有人要去玩！收拾好妳的童心，然後慎重地把它鎖起來，省得它禍國殃民！」

我嘆口氣，小七為了最愛母親的安危，不肯讓步，看來得拿出看家本領了。

我抱著他的雙臂，老臉蹭著兔子臉，如此十來秒。

「……不可以惹事。」林七兔鬆口了。

「嗯！」我拍胸脯保證一改過去惡行，從良當個乖巧的老母。

阿夕拿來不透底的襯衫和長裙，久候我多時。我跳進裙口，讓大兒子低眸替我繫好裙帶。我一邊扣上衣鈕釦，一邊答應他乳溝和股溝一條不露，也不去搭訕寂寞的單身男子，更不能色迷迷地追在小男生屁股後泅水。

我目光飄移，但還是迫於阿夕的淫威，連應三聲好好好。

小七還將一團白光聚在手心，用力打進我的印堂，做好絕對會出事的準備。

受到白光滋潤的感覺很好，好像年輕了二十歲，可以四處作孽。再看向跪坐在行李箱旁，爲我整理亂七八糟行囊的大兒子，突然興起念頭，問七仙能不能畫個護身符給阿夕。

「我的氣和大哥對沖，除非我死了成鬼，不然……」小七頓下話，因爲我猛然抓住他的手腕，緊張兮兮。「妳不要想到那裡去，反正沒有辦法。廿九那天，他最好不要出門，就算日頭當中，也可能發生不測。」

「我知道了，你們萬事小心。」阿夕摺好我最後一件換洗衣物。身爲好玩的母親，總覺得有些對不起他。

小七把小熊招來，揹起兔子包，一手抱熊，一手牽著媽媽，異色眼珠鎖定阿夕畫給他的民宿地圖。

我手裡牽著兔子，雙眼盯著阿夕，太容易到手的自由，總讓人感到有鬼。想起以往陰七月的最後一日，他總是寧可向學校請假也不出門，瞞著我在家裡耍自閉，但我畢竟養了他好幾年，總能心電感應地從公司偷跑回來看兒子。

「阿夕，嘿嘿，那個，跟媽媽勾一下小指頭。」我依依不捨，先放開小兒子軟綿綿的手心，伸長手到大兒子面前。阿夕推了下眼鏡，似乎不太想理他老母。

「良心不安了吼？」小七追加一句刺人的話。

「今夕。」我又喚了一次。他就算想以身作則，要小七別讓我予取予求，可是阿夕自個兒便從來無法對我眞正硬起心腸。

他的小指勉強和我勾了下，答應了十多年來不用言說的保證——乖乖等媽媽回來。從我這個角度，正好對上阿夕沒被鏡片遮掩的眼。如此勾了十來分鐘，直到我另一隻手被鬆開，才清醒過來。

「大姊，妳還是留下來陪今夕哥，你們才是眞正的一家人。」

人家說三心二意不好，縱然平時左右逢源，隨手玩弄大小兒子，可是每次有所取捨時，總會不小心傷到哪個寶貝的心。

正好阿夕也受不了小七卑微的話，放開小指，讓我空出雙臂過去撲向傳送中的半透明兔子；時間抓得剛剛好，趁小七來不及防備的時候，把他撲倒在地。

再睜開眼時，景色已變，聽見了海潮聲，也聞到了空氣中特有的鹹味。這裡看起來像是布置過的透天厝樓頂，有帶著南洋風情的遮雨棚和露天咖啡座，應該就是阿夕選的度假民宿。林七兔傳送機真是世上最環保的交通工具，名人推薦，全台限量一隻。

「大姊，妳快起來，裙子都飛到頭頂了。」

我把裙襬撥下，任小七扶起媽媽，給我拍灰塵。

「兔子老母和兔子小七也是真正的母子，不然就不會一起姓『兔子』了。」我必須鄭重聲明我們彼此的關係，省得小七想不開。

小七還是板著臉，一點也不了解我想安慰他的溫柔用意。

「在外面，妳收斂點。」小七蹲下來檢查散落一地的行李，看到今夕做給他的便當沒事，鬆了好大一口氣。「都妳啦，把熊仔撞飛了，沒跟來，他一定又哭個不停。」

反正熊寶貝半夜發現阿夕不在也會哭哭，彼哭哭不如此哭哭，就不要太計較老母無心造成的意外。

「大姊！」

是、是。我自個兒拉起兔耳，做出反省的模樣。

小七煩惱完我的事，接著拈起額前的髮絲，傷透腦筋。兔子傳送機雖然零消耗、無污染，但是不知道爲什麼，就是看不順眼他的黑髮，跳躍空間時總會產生程度不一的褪色，而這次的路程只不過稍微遠一點，就全部掉色，完全露出綿軟好摸的白頭毛。

當我們一起從樓頂下來到櫃台，看門的老闆娘著實露出訝異的表情，我和她閒扯了十來分鐘才糊弄過去，帶我們到阿夕早就打點好的雙人房。

老闆娘不時偷覷小七的白髮，我問她是不是想摸摸看。她把手往裝飾用的粉紅色格子圍裙抹了抹，問說眞的可以出借撫毛權嗎？我林之萍豈是小氣之人，一口答應下來。

「我以前也見過一名白子，是在墓園中的小廟，眼睛顏色也像妳兒子。」老闆娘一說出地點，我就知道那九成九是我家的小白兔。「我先生當時病得很重，吃什麼吐什麼，醫生全都束手無策。聽人家介紹去見『神子』，神子也說我先生命不長了，只能緩解他的疼痛。回家以後，我先生似乎全好了，能吃能睡，死前還開心吃得滿嘴油光。後來輾轉聽人家說，那孩子整整兩個禮拜無法進食，和我先生之前的症狀一模一樣。」

老闆娘怯怯地伸出手，用指尖過水般地輕觸小七白髮兩下。

「謝謝你。」

小七眼睛垂得老低，不敢看我的臉。我聽見年幼的他餓了兩個星期，的確心頭抽痛了一陣。

「我們家還算富足，開民宿只因爲親戚有閒置的房子，幫忙經營。聽說神子遭難的時候，我和女兒有討論過是不是要把他帶來家裡接濟還是什麼的，不過到頭來還是什麼也沒做……」

老闆娘一度語帶哽咽，小七的眼睫毛顫動兩下，其餘部分還是緊繃著，似乎神聖得不可侵犯。

「那是我份內的事，不必了。」

老闆娘被倔強的兔子堵住了話，好一會兒都不知道該怎麼招待我們這組特別的客人。這麼嚴峻地回絕他人的善意，雖說是潔身自好，但有時也會流於不近人情的冷漠。

直到很久以後的後來，十七歲的他真的沒辦法，餓得半死，被人用二十一頓飯的代價換得大仙發威，救了大帥哥和熊寶寶，一不注意就成了林家牧場的兔子，這才後悔莫及。

哼哼，愛逞強就不要嫌他老母多事。

「這樣好了，反正他現在是我兒子，不如算我們住宿費半價？」我比出兩根手指，再朝老闆娘收起中指。

「全免。」老闆娘這才回復服務業的親切笑容。

「小七，媽媽可不可以再拗人家招待三餐？」

小七想反對，但又想起沒有餘錢的家裡，做事沒辦法只照著自己高尚的意思，還得把家人考慮進去。

老闆娘已經送我們到房門口，攢著鑰匙，就等他回答。小七盯著我的九根腳趾，良久才吞吞吐吐表示，他食量很大。

「我會多煮一點。」老闆娘眉飛色舞，終於能有機會回報當年的恩情。

小七趕我進房，關好房門，看起來不太有精神。

我猜他百分之五十擔心阿夕，四成爲了無法挽回老闆娘亡夫而感到歉疚，其餘還有沒吃晚飯，以及和老母單獨相處的疲倦感。

哪像我思緒單純，離開了阿夕，就只想著我的寶貝兔子。

「小七，媽媽能不能把床併在一塊？」

「去去，我要値夜。」小七叫道。我總覺得自己被當作沒壞到該消滅、看了又礙眼的小魔小怪般驅逐。

我抱著睡衣，失望地回到靠牆的海藍色單人床，而小七則憑窗坐在另一張床上，透過窗子遠眺黑夜中的海面。

換好衣物之後，小七還是維持一開始的姿勢；我無聊，打電話給阿夕，跟他報備順利來到住宿處，還遇到以前認識小七的老闆娘。我叨叨絮絮地說著，阿夕把話筒拿給熊寶貝，給我聽小熊找不到媽媽和小七哥哥的哭哭聲。

「還哭，再哭回去就不跟你玩了！」小七遠遠地朝小熊放話，熊寶貝頓時止住泣音，抽噎幾聲就安靜下來。

阿夕說小熊現在一頭鑽進他T恤裡窩著，頗有乃母之風。他哄那麼久都沒有用，小七一吼就立即見效，小白兔的可怕只有熊知道。

阿夕又叫我跟小七說「不用在意」，而當我向七仙子轉告大魔王的溫情時，小七那雙如玉般的眸子深深闔上。他不怕自己傷痕累累，卻總是惶恐給別人帶來傷害，看得我心頭一陣揪痛。

我們一家子波折不斷，似乎在不停地提醒白仙大人，這個好女人身邊不是他可以久待的地方，只是之前折磨他太過，暫且提供一處喘息的小旅舍。

老天爺眞是壞透了，都不讓林之萍好好養兔子。

我和阿夕十八相送，打爆今月的電話費之後，端著今夕準備的美味馬鈴薯和老闆娘特別加贈的紫米飯糰，來到小七床邊，一口一口地吃給兒子看。沒多久，他受不了我駭人的吃相，罵了我幾句，氣呼呼地清理乾淨被我弄髒的床單和嘴角。被我這麼一鬧，小七也就忘了小動物的憂鬱，順勢吃了起來。

「你看，媽媽有帶沙灘拖鞋。」我好不容易等到可以分享喜悅的機會，把帶來的海邊用品攤在小七床上，想來這幾天衝下班，都是爲了背著兒子採買海邊用具。「這雙紅色是媽媽的，白色是小七的！」

小七沒有誇獎我，只是一副眼神呆滯的樣子。

「我說過，我是來趕鬼……算了，大姊，妳要玩就去玩吧，今夕哥說妳在山上修身養性快兩個月，遲早會爆發出本性來。」小七低身收好新鞋子，而我則在他看不見的角度偷偷噘起委屈的小嘴巴。

小七要是知道我腦袋裡只裝著媽媽與他在沙灘上追逐，「哈哈哈，你這個小笨蛋，來追我啊」，這一類充滿歡笑與汗水的預定計畫，絕對不會答應讓我跟來海邊。

吃個大飽，我索性窩在小七腳邊打盹，把另一張床浪費地空了下來。因爲不是大庭廣眾而是封閉的室內，我家兔子咕唧幾聲後，就由我去了。

他靠在窗邊，整晚以紅外線兔眼監視海面的動靜，直到窗外透進亮光，他才在我胸前多鋪一條毯子，整個人蜷進我懷裡。

我裝作睡得很熟，必須耗費絕大的意志力，才能控制雙手不去抱緊這孩子。

他費盡心神保護這個世間，難道身後不需要有個人來爲他遮風擋雨？

寶貝啊，我的寶貝……

像是回應我內心的呼喚，睡夢中的小七，也低低叫了聲「大姊」。

「嗯？」糟糕，突然好想扭他的鼻子。

睡夢中的他還是一樣矜持，兩手伸伸縮縮，最後才輕輕地環住我的腰際。

□

日上三竿，我們可愛的母子倆被女僕小姐搖醒。

「不好意思，收到會長大人的命令，小的冒昧打擾娘娘與七王爺安睡。」

小七嚇得蹦起來，連忙拉開與媽媽的距離。一直以來，他都怕我被人家說上什麼無謂的閒話，而這卻讓我忍不住遺憾。

人家女僕小姐根本不在意，她拿了抹布擱在側腰，低身行禮，標準中式禮節，打扮卻是粉紅格子底的荷葉邊蓬蓬短裙，長髮用同款粉紅格子的蝴蝶結綁了一束長馬尾，笑容甜美，腰緊奶大屁股翹，無可挑剔，連我都想包養一個。

只是佳人早已芳心有屬，兩邊臂袖分別繡著「今夕陛下／千秋萬歲」八個大字。

「這麼面生？是新進宮的女孩兒吧？」我端起她瓜子下巴細看。

「稟娘娘，小的已經追隨在林今夕屁股後好些年了，是應援團副團長。」

我們一搭一唱，唯有小七無法融入宮廷大戲的氛圍裡，低聲喃喃：「這啥小？」

宮女姓方，名芳華，前天接到阿夕電話，令她即刻挪出一間空房，以備萬一，最好是雙人房。她為難地回覆道：房間早在三個月前都訂滿了。畢竟她母親的廚藝聲名遠播，熟客帶新客，在這旺季總是一房難求。

林今夕沒說話，直接掛了電話。

芳華只好硬是取消一組遲到半分鐘的客人，讓會長大人的至親得以落腳她們寒舍。

「眞的很抱歉。」小七滿是歉疚。

「讓我拍張照就沒關係。」芳華打蛇隨棍上，拿出照相手機。「請笑一個，今夕陛下最寵愛的弟弟。」

小七聽到加重語氣的形容詞，眉頭皺了下，隨後被攝入影像。我興奮地要芳華傳一張給我。她暫離三分鐘後，就拿來了全彩相片和電子檔給我，不得不讚歎這間旅舍的七星級服務。

我和小七盥洗後，由退到門外候著的芳華領我們下去用餐。因為兔子母子起晚了，餐廳只剩我們兩個客人，但我敢說桌上的飯菜絕非殘羹冷炙，冷盤與熱炒擺滿餐桌，青蔬如玉，鮮魚三吃，炒麵與蒸糯米糕，塑膠冰桶裝著蜂蜜水果茶，散發出一股溫柔的家常味，難道這就是傳說中「媽媽的味道」？

「區區早午餐，請慢用。」芳華很滿意我們的反應，轉身向躲在廚房偷覷的老闆娘比了個大拇指。

「不好意思，讓妳們破費了。」

小七很喜歡可口的飯菜，不知道是不是之前今夕提點過，這絕招一出來，小七都忍不住在桌下拉緊我的裙角。

「我爸爸在過世之前，都是笑著的喔，這是千金也換不來的吧？所以，我才應該要謝謝您呢！」芳華眼眶有些泛紅，過了些會兒才回過神，又是個儀態滿分的女服務生。「聽說您有些怕生，有外人在時都會把可愛的臉蛋繃起來，『怕生』和『可愛』都是陛下說的。我和母親就先去忙了，餐點請自便。」

我向母女倆揮揮手，而後看向背脊微微弓起的小七，聽他軟聲埋怨阿夕亂說話，他明明一點也不可愛。

我沒有戳破這明顯不過的謊言，邀他一起放肆地大吃大喝。

「好好吃。」小七說，這是他口語表達感情的極限了，我不禁朝他笑瞇了眼。

□

老闆娘抱著床單從樓上下來，看到盤中的食物全空了，著實訝異，接著浮現出滿足的歡喜之色。小七的食量總是能取悅手藝高竿的大廚，包括他的好大哥。

在投奔大海懷抱之前，我想起小七同學所說的，於是招來老闆娘，詢問近日海邊發生的異狀。

因爲小七的特殊身分，老闆娘也不隱瞞實情。

今年夏季接二連三的意外，確實讓周遭的商家都議論紛紛。接連幾天，每日都有救護車鳴笛而來，中元時，當地公家單位乾脆在海灘設了臨時醫護站，卻有修行者說醫護站白色的外帳會招魂，沒多久，站內醫護人員便冷靜過度地向上頭提報：收到不是人的患者。

「我們也招待過公會的客人，他們有人勸這裡的商家收起來，不要做生意；又有的說要盡量讓人氣大盛，把陰氣壓下。那些師父對這片海的情況都無能爲力，我剛才打聽過，今天公會沒派任何人過來。」

「別擔心，有小七在呀！」

「啊啊，說的也是呢！」

我們兩個中年婦女捂嘴巧笑著，好像八卦聊完，世界又會回歸和平般。

小七推了推我的背，我只得收起滔滔不絕的育兒經，披了件短襯衫，掛著打好氣的游泳圈出門。

他上半身包得死緊，長腿阿夕的黑泳褲又幾乎遮光他的大腿，讓我大大扼腕。今早換衣服的時候，他就知道我打得是什麼主意，可是他的背和較私密的地方全是傷痕，怕嚇到別人，所以變態查某什麼都甭想了。

我並非那麼想看肉，主要還是想跟他牽著爪子玩，但一聽到沒肉看的眞正原因，就不住地在心裡頭偷偷難過。

我和兔子出了民宿大門，沿著海岸的白色堤防步行到沙灘。萬里無雲的星期六，海灘上已經排滿遮陽傘，小販的吆喝聲此起彼落，這麼熱鬧的景象，還眞聯想不到恐怖的靈異故事。

當我們母子倆的雙足踩上炙熱的黑沙，同時間一怔，因爲看到很不得了的東西。小七的同班同學一整群撲上前來，大叫「白毛兔子」。我家小笨蛋還來不及回神，就被他們班上兩個高中男同學挾持在臂彎裡揉腦袋。和我匆匆打聲招呼，全班小朋友便把小七捉到海邊，一口氣扔進水裡，變成落水兔子。

「老子叫你們不要來，很危險，聽不懂人話！我跟你們拚了！」

「哈哈哈，小兔子，來追我們啊！」

小朋友們炒熱了氣氛，開場沒五分鐘，就玩成一團。

我也很想和年輕人打成一片，孰料碰上棘手的難題，只慶幸今夕沒來。

「之萍！」龐世傑摘下墨鏡，驚喜叫道。他身上只有一條海灘褲，完全顯露出他的白斬雞身材。「我就知道，妳是特地來見我的嗎？」

知道個屁，要是老娘知道你會來這邊度假，寧可待在家裡和阿夕培養感情。

一秒、兩秒……我在龐世傑燦爛笑容的照耀下，拔腿就跑。今天天氣這麼好，逃避一次也不會少塊肉。

「之萍，等等我！」

海邊糟就糟在沒地方可躲，我又是個絕世大美人，太吸引人了，根本無所遁形。逃到最後，我終於在一家冷飲攤販前，放棄與前男友的追逐戰。

「兩杯西瓜汁。」林之萍之所以會認輸，只因爲西瓜太過誘人。

我付了帳，龐世傑在一旁露出兩排皓齒，理所當然地想要接過其中一杯冰涼果汁，我卻緊緊把西瓜汁抓在手裡，沒有他的份，這是我家小七的！

「你的女伴還在那邊等你。」

遠處有個比基尼美人正往這邊揮手，龐世傑那雙眼卻只盯著我的乳溝。

俗話說，不聽阿夕言，吃虧在眼前。我想釣的是好男人，而不是吃喝玩樂最在行的第二代小開。

「阿萍，妳身材還是一樣好。」

「謝謝。」皮笑肉不笑，這種情況還有辦法交際，我眞的好佩服林之萍喲。

他垂著眼笑，只不過是個徒有皮相的翩翩公子，但我卻沒辦法輕易移開視線，看著他就彷彿看到成年版的阿夕，雖然討厭又沒辦法眞正厭惡。就是被這麼迷惑了一下，才被龐世傑趁機搭上手臂。

「我好懷念和妳在一塊的時光，我以爲和女人相處就是如此，後來才知道，唯有妳才能帶給我快樂。」

「你也差點讓我以爲全天下男人都不是什麼好東西。」我老家兩對夫妻，我爺和我阿奶、我爹和我娘親，雙雙恩愛個半死，當時初出社會的我，什麼也不懂，還以爲每個談戀愛的女人都會有幸福美滿的結局，只見到男方的好，忽略他總是半途響起的電話，和軟弱的肩膀。

「之萍，放下過去，我們重新開始吧？」

陽光刺眼，我只看見龐世傑兩排牙齒閃閃發亮。他笑得燦爛，毫無歉意可言。既然他從來沒把以前那對落魄的母子放在心上，我又何必充當遇人不淑的悲情角色？

「龐世傑和王志偉，你跟總經理老大說，林之萍要的是後面的胖子。」

龐世傑收起笑，著實露出受傷的表情，就像被拋棄的人是阿夕一樣，害我無法再擠出更多恩斷義絕的台詞。

「你幹嘛長得那麼像我的大寶貝……」我哀嚎，與其說舊情難捨，還不如說是美色誤人。

「我道歉，妳不要跟我賭氣嘛。我知道，妳只是在利用那隻肥豬，就像我爸一樣。」龐世傑悄聲說道，聽得我的小心肝狠狠凍了下。總經理老大總說老王是他乾兒子，那些溫柔的話如果不眞實，就不値得包胖子那顆誠摯的心了。

我破表的處世智商，遇到姓龐的就被倒扣到不及格，無謂地在大太陽底下替老王難過。他這麼一個兢兢業業的人才，爲總經理包山包海做事，才勉強擠身至龐草包腳邊的地位，讓我眞的好想替志偉說話。

但在敵人面前美言胖子，從來都是不智的舉動，我選擇軟弱的沉默。

「我媽還說，妳太照顧妳小孩了，如果才幾歲也就算了，偏偏他們也過了青春期，這樣感覺有點噁心……」

本來還想堅持做個啞巴，他卻往我更深的死穴踩去。

「並沒有，一隻一歲多，一隻不過十七歲，還是青春洋溢的小男生！」我嚴肅澄清，龐世傑卻不明白其中有什麼不同。

「總之，你們畢竟沒有血緣，不要表現得那麼親密，這樣對妳的名聲不好。」

傷害我名節最重的傢伙，竟然有臉和我討論林之萍的羞恥，龐世傑眞的少根筋到智障的地步，哪像我即便胡來，也還有一絲赤子之心的清新感。

「你們龐家有你們的作風，而我們林家養出來的就是這麼可愛！」我遙望海灘那群青少年，正氣呼呼追著他那群好同學的白毛男孩足以證實我的言論。清秀佳人，古錐兔一隻。

龐世傑聽不懂，乾脆不理會我的爭辯，直接握住我的雙腕，指腹在我的手心裡磨蹭，弄得我背後毛細孔亂舞一陣，因爲我太了解這是什麼暗示了。

當我想抽回手，卻綿軟無力，使得旁人看來像是欲拒還迎的戲碼。

龐世傑還是那張傻臉，什麼也沒發現，眉間隱約帶著一股黑氣，而那股黑氣開始跑跳，緩緩從他的腦袋移到肩膀，又從肩膀滑溜到手臂，然後試圖偷渡到兔子老母身上。

要不是小七預先放著的白光護身符與黑氣抗衡，我不知道自己會少掉幾根毛，現在卻也無力掙出眼前的窘境。

「啊，對不起，手滑了。」

如同所有美人遭遇危機的時候，老天爺都會發配英雄來救援一樣，我聽見熟悉的嗓音，一貫溫文儒雅，隨即一聲頭殼與木質拐杖相撞的巨響，龐世傑被打昏在沙灘上，我幾乎要爲大俠的好身手喝采。

蘇老師拖著腳步過來，低眉檢查我的指尖有沒有被登徒子污染。我笑咪咪地，帶著滿懷感動地望著他。

哪有人到海邊穿襯衫、打領帶、穿西裝褲的？袖口和褲管還捲得亂七八糟。看小七那群同學聲勢如此浩大，一定是被學生們拖來玩樂的。

確認完，他才驚覺這個姿勢太過曖昧，連忙鬆開手，害我又忍不住咯咯笑著，總覺得他像是心裡住著小男生的氣質青年。

「你是誰！」龐世傑灰頭土臉地爬起來，蘇老師淡淡地睨了他一眼。

龐世傑沒什麼好，就是那張表皮長得好，還有萬貫家財。但因爲董事長和總經理都還健在，錢財並不眞正屬於他，所以他能沾沾自喜的，也只剩下外貌。

可是，當三十出頭的蘇老師站在他身邊，年過四十的他就顯得老了，更何況他最欠缺的內涵，還是氣質人師蘇晶的強項，根本是輸到脫褲。

「之萍小姐，這人是不是造成妳的困擾？」

我用力點頭。蘇老師挺起胸膛，要爲林氏民婦仗義執言。

「我是他男朋友，你管什麼閒事！」龐世傑伸手扯了蘇老師一把，沒想到蘇老師穩如泰山，被扯開襯衫領扣後，反倒顯露出精實的胸膛，簡直讓龐肉雞下不了台。

蘇老師調整一下鏡框，說：「我很確定她目前單身。」

因爲前天才改過聯絡簿，我的署名永遠是「誠徵愛兔子的兔子老公之兔子老母」，蘇老師則是畫了一隻打領帶的公兔子做爲回應。小七都不知道他的聯絡簿成了媽媽瞞著他大哥，和老師祕密溝通的橋梁，每天都仔細地收進書包裡。

「你再騷擾這位高貴的女士，就別怪我不客氣了。」蘇老師的口氣與之前有著些微的差異。

可惜龐世傑不聽勸，以為我喜歡人家打架，打贏了就會成為他的獎品，全力揮出拳頭，卻被蘇老師還手卯中肚子，再次倒下，累計為二連敗。

「可惡，你這個殘廢，跛腳蝦！」

龐世傑惱羞成怒，大聲嚷嚷起來，惹來四周人們的注目。蘇老師不自覺地摸向右腿，眉宇間的神采黯淡下來，低身撿起拐杖。

就在好手好腳的龐世傑以為自己勝了一局時，做為獎品的我，趕緊上前勾住蘇老師的左臂作親密狀，讓他害羞兩下，以取代不必要的自卑。

「之萍、之萍！」龐世傑猛然從腳踝拉住我，臉被沙子蓋了半邊，好比索命的水鬼。「我知道錯了，妳回來我身邊好不好？」

我蹲下來，拍拍他的腦袋兩下，表示一點往日情誼。不過實在很抱歉，自古以來就規定，美人不能冷落英雄，現在我要陪小晶晶去玩了。

龐世傑原先的女伴趕來，而我則挽著蘇老師趁機脫逃。難得和小七一起出來曬毛，要乖，不能惹麻煩。

我們混入遮陽傘海，享受被追殺的刺激感，雖然我眼角瞄見龐世傑已經被女伴帶離沙灘，沒必要再躲起來裝出擔驚受怕的樣子，但我現在需要一個和兒子老師幽會的正當理由。

「老師，眞巧啊！」我笑嘻嘻地做了開場白，他回以優質的微笑。

「今天學生們約好要來調查水鬼事件，我不放心，我也知道那孩子一定會來。既然阻止不了，我跟著總是比較保險。」他無奈地說道，言詞之間滿是對學生的愛護。

這就是身為老師的勞碌命，他深切明白青少年好冒險犯難的心性，二年愛班又是感情超好的小蘿蔔窩，來一個附加三十個，全班在那邊玩得不亦樂乎，還依稀聽見小七大吼大叫的聲音，讓蘇老師原本溫和的臉龐又更加柔和。

「先不管什麼鬼呀鬼的，好在有你，不然人家真不知道該怎麼辦。」我拋了個電力十足的媚眼，蘇老師不禁眨動眼睫毛，這種青澀的反應，讓人好想逗逗他。

蘇老師輕咳兩下，決定轉移話題。「之萍小姐好像很喜歡海邊。」

我用力點頭。小時候，每年陰七月，大人們都會瞞著爺爺，帶我到海濱度假消暑。對當時年幼的我來說，鬼月一點也不可怕，就是個玩水的好日子。

「阿偉學長也喜歡海，放假會開車帶我到海濱吹風，只是他不喜歡清涼的穿著，載我過來就立刻回去，說什麼也不肯下水。」

我聽了忍不住笑岔氣，想像老王露出圓肚腩的樣子，真是太有趣了，非常吸引中年婦女過去掐上幾記。

「之萍小姐，王志偉真的是個很好的男人。」

蘇老師誠摯地對我說道。即使包胖子的好，我是再明白不過了，他還是要為老王背書，可能是受到剛才龐世傑那番話的刺激。

「他表面看來似乎可以把生活打理得井井有條，但是心裡其實很依賴妳。有妳在，他才能爬上今天的地位。」

我笑了下，說：「有王志偉在，也才有今天的林之萍。」

不論是工作伙伴、長年來的莫逆之交，還是生命共同體，我和老王的關係絕非三言兩語能訴說得清；如果硬要給他一個位置，頂多只能模糊表示：他是我生命中重要的男人。

蘇老師爲他的阿偉學長慶幸林之萍心中有他，又略略地垂下了臉。

「那你呢？你又是怎麼想自己的幸福？」我問。小晶晶揚起堅定的微笑。

「我要保護那孩子。」

換句話說，沒有幸福。

「你這樣子，難怪志偉會爲你擔心得半死。」雖然我沒資格說他，因爲我本身也是折磨老王神經的禍首之一。

「我知道，但不得已必須瞞著他，不能把學長牽扯下去。我殺了鬼差，已經開罪下界，遲早要下去服刑。」日光推移，蘇老師的臉被陰影半掩著，又浮現出那種不似活人的陰柔感。「只要白仙歷劫能完滿結束，歸去天界，我的心願也就終了。」

「鄭先生。」我必須仔細觀察，才能不忽略夾雜在十句中較爲低沉的一句。「疼兔子很重要沒錯，但是『你們』沒有其他想做的事了嗎？」

老王曾經說過，他的學弟以前是個很有野心的美男子，要做第一流的人中龍、娶最美麗的佳人，談起夢來是如此地光彩奪目。

蘇老師搖頭，目光在我的唇鼻間流連了一小會兒。

他這個老師兼乾爹，和我家小七像極了，爲別人犧牲光了，自己卻什麼也不敢拿。我眞的受不了這樣的傻子，無法抗拒，雖然憐愛的意味佔了大半，但總歸還是有個「愛」字在裡頭，不算欺騙感情。

我側頭吻了他，做爲小小的回報。

今年夏末最值得紀念的事之一，就是偷襲兒子老師兼家庭守護神成功。

「蘇老師！」

聽到學生們的熱情呼喊，他趕緊張開熟睡般閉緊的眼，略顯慌張地拉開彼此的距離。我咯咯笑著，像是妖孽讚賞唐僧肉的美味。

「啊啊，還有林明朝的媽媽！」他們一靠近，立刻發現老師身邊美麗的倩影。

「各位同學，大家安安啊！」我比了兩隻兔子耳朵，回應他們的問候。

「林媽媽！」

在花花綠綠的小朋友當中，最先撲過來的是右邊綁著糖果髮飾的小糖果班長，眼見她泳裝胸前兩顆沉重地搖來晃去，然後準確地賴到我懷中，讓我一下子解開她罩杯連跳三級的困惑——

應該是矽膠沒錯。

「林媽媽，這傢伙一探聽到妳兒子今天要來，什麼女人的尊嚴也不顧了。」小七班上女孩子偏少，這個揪著小糖果髮束的高挑女生，是副班長「牙牙」，強項爲機智問答，負責給鬧起來的班上潑冷水。

「重點是還被小七仙子無視，想笑她又覺得她可憐。」另一名發言者爲「阿咪」，擔任風紀股長，一記眼神就能讓底下的眾男生閉嘴。

小七班上的要職，全被女性包辦，男生們偶爾想反抗，但又享受於這種雜務被處理妥貼、不用自己傷腦筋的已婚狀態。

而照我平常聽小兒子轉述的學校趣聞，二年級上學期轉學來的小七，不屬於任何一邊，他的地位就像吉祥物或是公共領養的班級寵物，男生女生都可以一起玩。

「林媽媽，嗚嗚嗚！」小糖果不禁悲從中來，想來她今天頂著胸前那兩大顆，應該會背痛才是。

說到背，她前些日子傷得那麼嚴重，沒一個月就跑來曬大太陽，好嗎？仔細一看，果然腫了一大片。

「乖乖。」我請同學們準備冰塊給她冰敷，讓她躺在我腿上。

「九姝，妳眞無恥。」牙牙和阿咪一致用鄙夷的眼神盯著小糖果。「攻略不了兒子，就去攻略他老母。」

有個男生從她們之間探出頭來，這男生擁有小七最羨慕的身高和肌肉，人稱「大漢」，他的眼神在我和蘇老師之間逡巡。

「林媽媽，妳對我們老師有沒有來電的感覺啊？」

「問津，這種話會讓之萍小姐傷腦筋的。」蘇老師還是和氣地說著，只是白淨的臉龐有點微血管充血。

我捂著嘴笑，故作神祕，讓小朋友們在那邊「哦」來「哦」去。

「老師太矜持了，問阿七還比較乾脆！」他們一群人又跑回去，把蹲在水邊監視海面的七仙抬過來。

「放我下來，你們自己去玩，我很忙！」小七掙扎不已。見到了小別的兔子，我什麼不開心的事都全忘光了。

「阿七，這關係到蘇老師的終身大事，非常重要。」同學們揪緊眉頭，騙得小七也不禁認眞起來。

我兒子翻身從十數雙魔爪中跳下，走向蘇老師，忽略我示意來個抱抱的慈母微笑，恭敬地跪坐在蘇老師面前。

「老師，啥米代誌？我母親有給你添麻煩嗎？」

沒有麻煩，只是吃了一大盤豆腐。

蘇老師想要伸手撫摸這個即使受到乖舛命運折磨，依然溫順善良的孩子，卻強忍著，不敢碰觸。

「林明朝，蘇老師做你爸爸，好不好？」小糖果此話一出，贏得全班喝采。

唉呀呀，我眞的有那麼好，配得上你們心目中的溫柔老師嗎？

小七直眨眼，消化了好一會兒，才聽懂小糖果的問句，可愛的小臉蛋瞬間刷紅，異色眼珠閃閃動人，明眼人都知道他現在高興得不知所措。

「可是老師這樣就得娶大姊做某，大姊是我媽媽，老師是我爸爸……」

小七抓著那頭白毛，偷偷瞄向我。他皺緊眉頭，爲了因這個念頭感到開心而自責，怎麼可以因爲一己之私，就把蘇老師推到我這個火坑裡。

「我很喜歡您，您就像我這世的父親。可是我很帶衰，您當我老師腿都沒好了，要是做我爸爸，不知道會發生什麼歹事。」

小七無意識地點中了已經鑄成的事實，蘇老師早爲了他，即使百年之後魂飛魄散也無所怨尤。

我哀傷，只是因爲輸了最愛兔子的寶座，也和太陽刺眼有點關係；但是這種時候哭，實在是太煞風景了。

「可是媽媽也很愛你。」

「大姊，不要插話，我同學全在這裡，妳別太張揚。」

「愛死兔子了。」我一臉憂傷，繼續爲良辰美景、碧海藍天哀悼。

「林明朝，我也愛你。」小糖果跟著附和，隨即全班不甘示弱，集體告白。

即使場面火熱，蘇老師還是沒有鬆口，表明他也愛兔子愛得要命。多虧他教導得宜，就算小七沒辦法與人深交，還是有一大群同學對他好，眞心喜歡他，讓人群中的小兔子不至於太過寂寞。

就在這麼像求婚的氣氛中，突然一陣驚叫，劃破海灘上的寧靜，離我們數十公尺外的水裡出了事，有人溺水了，緊急趕去的救生員卻橫倒在地，不省人事。

就當大家都還停留在震驚的情緒中，小七比所有人都還早反應過來，旋身一跳，白色身影從我身前跳躍至海面，隨即沒入水中。

圍在我們四周的小朋友們免不了瞪大眼珠，雖然已知小七同學不是常人，但親眼見到，還是忍不住錯愕。阿夕勸過小七許多次，不要在普通人面前展現能力，但他弟就像他媽一樣，腦子一熱就把叮嚀給蒸發光，只顧著心頭最要緊的那件事。

九姝攬住我的雙肩，勉強站起來，搶在蘇老師前頭開口。

「凡人們，看什麼看，沒見過神嗎？」

「是沒見過。」小朋友齊聲吐嘈。

「林媽媽，雖然『我們』不需要外加的讚美哄抬地位，但偶爾也請爲我們鼓掌。」小糖果刷開眼睫毛，眼底洩露出不似少女的成熟嫵媚。

我知道她的傷還沒全好，但她卻叫我不用擔心，放手讓她去飛。

小七在海裡忙，小糖果在岸上揚高雙臂，翩然起舞，我透過指縫的白光去看，赫然見到一位身攬七彩羽衣的絕色女子踩著舞步，不像我這個萍萍仙子是吹噓來的，她是眞正的天仙下凡。

岸上的人都被彩色的光罩包圍住，避開了藏在海水中的威脅。

小糖果赤腳跳了半刻就已氣喘吁吁。我記得小二哥說過，他們神祇在人間有種種限制，如果做出踰矩的事，就會產生程度不一的傷害。

她腳下一個踉蹌，我上前去扶，卻遭到堅定的拒絕。

「林媽媽，請妳看著妳兒子努力的英姿，而我要在這裡等他……」

不等我勸說，副班長和風紀兩個女孩便衝上前來，捉住搖搖欲墜的仙女班長，往醫務站那邊拖去。

「庸民，放開我，我要昏倒在林明朝懷裡，不然昏倒在林媽媽胸前也好！我要當林家媳婦！」小糖果掙扎不已，卻無力掙開同學們的熊抱。

副班長與風紀私語一陣，然後拿出手機。

「不要打電話給我二哥，他一定會碎唸我到死，住手！」小糖果驚恐非常，這個年紀的孩子都是這樣，深怕耳朵長繭。

「九妹！」我遠遠叫道，她哭喪著臉望過來。「林家三媳婦的位置永遠爲妳保留！」

雖然紅鞋小姐也對我家七仙情有獨鍾，愛他愛到要他的命，但能夠理解小七理想的女孩，才能牽著手陪他走過漫長的未來。我觀察良久，決定不再三心二意，做下婆婆的選擇。

我宣誓完，小糖果終於安心地昏睡過去。

沒多久，小七抱著七歲多的小女孩，回到我和蘇老師身邊。小女孩白嫩的雙腿布滿鮮紅的手印，見到的人都忍不住倒抽口氣。

「大姊，妳先顧好，我再去救她母親！」

一眨眼，小七又消失得乾淨俐落。他的同學已經不再訝異，趕緊聽從蘇老師的指示，四處尋求有關單位救援。

我臂膀裡的小女孩還醒著，身子顫抖不止，在我連扮十七個鬼臉之後，才勉強讓她展露笑顏。

當小七再度扛著小女孩年輕的母親出現時，我以爲事情已經告一段落，但他卻臉色鐵青，請蘇老師盡速帶全班同學離開這片海域。

海面很靜，沒什麼異樣，除非仔細看，才能看出遠處海平面那片積雨雲似的東西，竟是濤天巨浪。

這在潮差不過五公尺的西海岸，明明是不可能發生的景象。

「海嘯來了！」

望著萬丈高浪毫無預警地從半哩外的海面升起，直撲而來，沙灘上近百名遊客無人動作，全都嚇傻了眼。

我好不容易才想起該幹的事，把小女孩還給她的媽媽，然後拉著兒子往岸上跑。

越是這種危急時刻，越能顯現人有多自私，那麼多的小朋友，我卻只考慮到七仙的安危。

「大姊，妳在做什麼？」

我不知道，媽媽只曉得要保護好小七。

小七掙開我的手，以爲這種時候我還是能像往常一樣嘻笑過去，但自從暑假弄丟過兒子之後，林之萍的狀況就和林今夕一樣不穩定。

「妳不要怕，我會保護所有人。」這孩子理所當然地說著溫柔至極的話，雖然對我來說有些殘酷。

我抿緊唇點頭，七仙返身飛奔回海裡，同時間，大浪撲上陸地，卻在眾人頭頂上破碎成無數水珠，映出日光的七彩，不一會兒，又復歸爲平靜。

原本熱鬧的海灘，陷入一片死寂，眾人以最快的速度打包好用具，有秩序地離開，絕口不提剛才的生死一線。

「今天好像是關鬼門……」

「閉嘴！」

人們討論著，背脊發毛，但又不禁此起彼落地讚嘆：

「不過剛才的水花眞的好漂亮，該不會是神蹟吧？」

說的沒錯，美得令人別不開眼，可是比起刹那的燦爛，我比較喜歡細水長流。

有人拍了我肩膀兩下，回過神，發現有數十雙不安的眼正望向我，是小七的同學。

「林媽媽，林明朝呢？」

我揉了下眼睛，說：「喔，我家兔子帶小朋友去醫院，等會兒就回來，你們也快回去收驚吧？」

小七的同學們聽到我這麼說，才安下心來，又有點不知所措地問起蘇老師。

「是不是我們硬要跟來，才害他們出事？」

「想太多啦，可愛的孩子們。蘇老師也被小七送去療傷了，其餘的你們不用擔心，一切有阿姨在！」

我比個勝利手勢，揚起自信的唇角，展現一下我向老王偷學的控局長才，跑到堤防上疏散車輛，指揮救護車進入現場，還請民宿老闆娘叫來一台遊覽車，把小朋友們全都歡送回家。

我如此熱心助人，可是當警方拉起封鎖線，卻恩將仇報，叫林太太快點離開。兇狠地威脅人家說這裡已經被列入管制區，小老百姓不得進入，害我在旁邊不斷地找人閒聊，一直等到警力鬆懈，才能偷偷摸摸地溜回海邊，把自己蜷縮在警告標誌背面，孤單單地等兔子寶貝回來。

沒有小七在，一點也不好玩。

我等了好久，所有人都離開了，水面才有了動靜。那人拖著腳步，像是含冤的水鬼，蒼白而難掩英氣的鬼，眼鏡都被沖走了，命也不要，奮不顧身，只爲了保他懷裡的男孩平安。

蘇老師抱著雙眸緊閉的小七，濕漉漉地上岸，身上被磕傷好幾處，看起來十分虛弱，而他本來就身體欠佳。

我花了大把力氣，才能克制住顫動的喉頭，衝上前扶住險些倒栽在地的蘇老師，連帶用力抱住我家的兔子。他的呼吸平穩，和平時在書桌前打瞌睡沒什麼兩樣。

「老師，我家兔子剛才是不是『不見』了？」

母子連心，小七離開我視線那刻，心都忘了該怎麼跳動。

「水中的陰魂合力製造出這場災害，已經推演好所有自然條件，降低氣壓，加強西南風勢，還刻意遮蔽海嘯前的預兆。海水的力量極大，他要在頃刻間瓦解大浪，又不破壞海水本來蓄積的能量，就把自己化作自然。」

我雙手環住一大一小，坦承自己聽不懂蘇老師的說明。

「他只是需要一點時間回復肉身，又不小心在水裡睡著了。妳看，他還存在在這個世上……」

蘇老師再也站不住了，等我抱穩兔子之後，便往後退去，放開他拚了命尋回的孩子，而目光還在小七的睡臉流連不捨。

「他用魂魄劃開人世和陰冥之間的界線，到今夜子時結界效力結束前都無法離去。」

小七竟然把他的青春全拿去做這種吃力不討好的傻事，而且幹起來毫不手軟。

「之萍小姐。」

蘇老師看了過來，我只好收回正捏著臉頰懲罰小七的手。

「請妳不要丟下他一個人，代替我好好陪伴他……」

他一個踉蹌，在摔得滿身沙之前，被人牢牢地撈住臂膀。蘇老師困惑地往上看，見著了凶神惡煞般的王胖子，抱歉地一笑，然後徹底昏了過去。

「林啊之萍——」老王發出惡鬼般的怒吼。

冤枉啊大人，就算在場清醒的人只剩嬌美的我，也不要全遷怒到我身上嘛！

老王把蘇老師扛上車子後座，又扭頭過來瞪我。我一手攬著輕盈兔子的腰，一手向他燦爛地揮別，希望他快點把虛弱的蘇老師帶離危機重重的海邊，而且拜託不要唸我。

包公上了車，卻從車廂拎了醫藥箱和一件能包裹住他肥胖身軀的大外套回來，牢實地把有點冷的林之萍罩住。即使他總是保持那點冷漠的距離，我的心還是被他溫暖得無以復加。

「志偉。」

「好了，有什麼等上班再說，我先送阿晶去救治。妳這個笨蛋，既然放不開手，就好好看著妳的寶貝。」

「嗯，林之萍最喜歡兔子了！」我低頭蹭了蹭小七的睡臉，老王一副快吐的樣子。「那個，題外話中的題外話，我今天遇到龐世傑。」

「關我屁事。」

雖然我把臉埋在小七的頸窩逃避，但從口氣就聽得出來王祕書老大不高興。

「也沒什麼，都過去了，只是每次看到他就想到你，如果當初我沒有跟他在一起，你會不會鼓起勇氣追求年輕時有如大仙下凡的之萍美人？」

「現在說這個有什麼用？」

我低頭應聲，就要帶小兔子到堤岸旁風沒這麼大的岩穴窩著過冬。

「之萍。」

我發現到他微妙的變化，但還是裝傻回以微笑。

「我長得不好，可是自尊心很強，絕對不做任何討好女人的事。」

「可是，你已經對我好上天了啊！」

海風拂起老王略顯稀疏的髮絲，看起來滑稽，可是這時候不容我破壞他難得的眞情。

「妳對感情來者不拒，但一到緊要關頭就會退縮裝死。妳年輕時已經拒絕過我一次，要是妳再回絕我，我沒把握能再回到現在的關係。」

是我成天叫他坦率一點，所以作法自斃的我不能糟蹋他這次的明示。

「那我答應你，只要你開口，我絕對點頭給你看。」

老王沒有被我取悅到，他打從骨子裡不相信我這麼一個美人會對他動心，因此很後悔剛才那樣把眞心掀開一大角。

「算了，妳就當沒這回事，星期一準時上班。」

可惡，明明最會逃避的傢伙是包胖子本人才對。

「妳說什麼？」老王帶著煞氣看過來，似乎我不小心把心聲給說出來了。

「志偉，我喜歡你。」氣氛正好，我手裡又抓著最愛的孩子，不告白一下就太浪費這難得的時機了。

「混帳！」他竟然飛快上車，踩下油門，噗呼呼呼地從沙地飆上海岸公路，把眞心誠意的我拋得遠遠的。

被當作洪水猛獸，我稍稍爲自己哀悼了一會兒，不過低頭看到小七，就又打起了百倍精神。

他睡得很熟，可能因爲媽媽在他身邊的關係，天黑了也沒發覺，微聲打著呼嚕，沉浸在美好的夢鄉裡。

「師父、師兄……」

我照他床邊故事敘述的人物，學那些已逝的人兒按住他的髮旋揉著，夢中的小七被我仿眞的動作唬騙過去，開心地笑了起來。

我看著，不由得感慨這是全世界最可愛的孩子，純眞無邪。

然而，這麼一個令人憐愛的小東西，卻有好長一段時間流浪在外，吃不飽，穿不暖。要是他的師父、師兄知道小七成神必須經歷種種非人苦難，是否還會堅持推他走上大道，當一隻高處不勝寒的月兔？

「大姊……」

小七揉著眼皮，撐起身子，定格了一會兒，又躺回我的大腿。

「小睡兔，想睡就睡吧，媽媽會一直陪著你。」

「再一下子就好，抱太久，今夕哥會生氣。」

在阿夕的調教下，小七習得了孔融當年的美德，認爲自己是後到的小孩，當阿夕需要我時，他會乖乖地在後頭等，即使他也很想跟媽媽盡情撒嬌。

連罪魁禍首林今夕，看著這乖巧的兔子都會心軟，更何況是我這個老母。

好一會兒，七仙才眞正醒來，第一句話就趕我走。各位看倌請評評理，竟然有兒子把媽媽抱著睡睡以後，用完即丟，眞是個不孝子。

「該死，一開始就不該答應帶妳來！」小七完全清醒了。

「臭小子，你一個人可以應付得來才怪。」要是沒有蘇老師捨身相救，你早就變成海上漂流的水浮屍兔子了。

小七沒有像我預料的嘴硬到死，只惆悵地凝視著漆黑的海面。

「大姊，我夢到王爺公來救我。今天關鬼門，我很怕祂老人家被鬼差帶到地府去，大聲叫祂走開。」

「兔子，你對媽媽和乾爹都好叛逆喔！」

小七垂著腦袋，我看他雙唇幾番抖動，卻沒說出半句話。憑母親的直覺和過去的經驗，即使林之萍略略感到慌亂，但還是咧開太陽花般的笑靨，卯足勁逗樂兔子，深怕他哭出來。

「你們其實不用管我，我眞的不會有事。我是天選之人，上蒼定會讓我存在下去。」

以前的我比較勇敢，也可以說是不知者無懼，當時聽見小今夕說出像小七這般相似而相反的話語時，只覺得老天爺勾起我的好勝心，無論如何都要把小孩養胖才行。

現在林家大嬸被歲月磨去了稜角，從阿夕的例子眞切體認到不好好把握住孩子懵懂的青春歲月，在他們感到徬徨、想要倚賴的時候陪著他們，一眨眼，小寶貝就會變成自立自強的大暴君。

當然，我沒有嫌棄阿夕已經不可愛很久的意思，眞的沒有。

所以，我沒有多說半個字，而是用行動來表示，張牙舞爪地撲向小兒子，回到我們原本的姿勢。

三更半夜陰風陣陣的海邊，沒有人會來說三道四，小七也不是眞的想抗拒我，於是我們母子倆就這樣在沙灘上相擁著。夜晚的海黑得深沉，無月無星，僅有的那點亮光來自小七身上，亮光似乎比過去所見更加亮了一些，又更美了一個層次。

他好像又往那個世界更進一步，但我不能爲此傷感，而是要爲他感到驕傲。

爲了掩護蘇老師，我不動聲色地轉移話題，向小七說起很棒的童年回憶。

我小時候，每逢七月，爺爺總是忙著外出取材，家裡群龍無首，大伯就開著他的小貨車載全家到海邊逍遙。所以我印象中的陰七月，就是和爸爸媽媽一起出去玩的日子，一點也不陰森恐怖，反倒是相當美好。

我還記得當時貨車沒有加蓋，在公路上馳騁，姑姑和小叔會爲了搶奪副駕駛座的好位子而大打出手，最後總是小叔沉著臉，認命地坐在車尾；林家最甜蜜的夫妻檔，則靠著彼此吹風，我被老爸抱在大腿上，以精實的肉身充當我的坐墊，沒有人敢搶林小萍的王座。

等我們抵達目的地，就可以看到一群很窮的俊男美女扛著自製的泳具下車，大伯還帶了烤香腸的攤子，把握住大好風景，就地做起小本生意。待字閨中的小姑，最受海灘男兒歡迎，撥個頭髮都會聽到「小姐妳好」的經典開場白，要不是她總要求交往對象接受不存在的雙重人格，就不會嫁不出去，在家裡陪小萍玩了。

我爸和我媽牽手在海邊散步，中間夾了一個開天闢地以來最可愛的女兒。雖然我也很想跟爹娘胡鬧，但看他們彼此眉目傳情，一副好想啾啾的樣子，身爲電燈泡的小萍兒，只好懂事地去找小叔玩。

那時還是高中生的小叔，窩在黑雨傘下看書，我趴在小叔屈起的雙膝上，陪他看了一會兒西班牙文、還是拉丁文的天書，就不支倒地，要大伯救我。大伯笑笑給我一支黑豬肉香腸，又在我腳邊放了一個空罐頭。

一個下午過去，裝成失智小孩的我，得到很多零花錢，姑姑由衷地誇我很有當乞丐的天分。恩愛回來的老媽看到我的零錢罐頭，氣得綳住豐挺的胸口，老爸在旁邊勸說，老媽才冷靜下來。清點好錢的數目，裝進大伯的收支袋。

爲了獎賞林小萍爲林家付出的辛勞，爸爸帶我到海裡游了一圈，我怎麼游都不會離開他的懷抱太遠，因爲有爸爸在，海對幼小的我來說，沒有什麼好懼怕的。我們父女倆順道扒了不少淺海貝類，給晚餐加菜。

晚上，林家還有營火晚會，不知道爲什麼，最好吃的烤肉都會傳到我這邊，他們或許還餓著，但我一定吃到肚子撐。這也是爲什麼我家窮，我卻不懂得什麼是節制和無奈。

當下的小屁孩沒什麼感覺，理所當然地享受眾人的寵愛，到了一把年紀再來回想，才忍不住感慨自己好幸福。

曾經比一般小孩擁有好幾倍的幸福，所以有義務要把這份濃厚的感情傳遞下去。

「大姊，妳很想念妳的家人嗎？」

「嗯，好想他們。」我老實承認，以前阿夕還沒來到我身邊時，每次想到，都會哭出來，一個人偷偷哭著，沒有辦法像現在這樣歡樂地和小七分享。

「他們過世的時候，妳才十七歲？」

「對呀，要是他們還在就好了，一定很疼你們三個寶貝。」我已經是他們的小心肝了，那麼做爲我心頭肉的阿夕、小七、熊寶貝，不就會被那群大人捧上天？我總忍不住去想那好得不可能的假設。

「我師父、師兄過世的時候，我也十七。」小七說。他很難得傾訴自己的傷痛，我安靜地聽著。「之後獨自打理道觀，也到山下學了許多事，可是不知道爲什麼，自從他們不在以後，時間就好像被停了下來，沒辦法再有所成長。」

我看著他，眞正感同身受。

我挨在他左肩，低低叫了聲：

「咕唧。」

小七倒吸口氣，瞪大眼，無聲地指責我毀去他憑弔上一世所愛之人的傷感。

「小七，咕唧咕唧。」

「妳養了我，就眞以爲我會陪妳一起兔子叫嗎？」

難道不是嗎？做兒子的如果不滿足娘親的願望，可是會被雷劈的，雖然我捨不得就是了。

我去蹭他的耳朵，他氣得抱怨我又來了，總以爲撒嬌可以成事，都老大不小了，卻還像個小女孩。

確實如此。反過來說，要是他也向我示軟，我可以把整顆心捧給他，這不就是愛嗎？

「咕唧就咕唧！妳滿意了吧！」

「咕唧唧（滿意了）。」

潮水上漲至我們腳邊，我開心地踢著水，要小七也一起加入遊戲。不一會兒，我們就把彼此潑得全身濕。小七被我偷襲中招，忍不住哇哇大叫。雖然時間是晚了點，但我們也算成功抓住了青春的尾巴。

盡興過後，小七抱著雙腿，把兔子身體蜷起來，深深地反省自己。和媽媽我在一塊，他總會不小心墮落成年僅十七的平凡男孩子。

其實這也沒什麼不好，小七師父的遺願很重要，可是小七老母的心願不應該輸給他師父才對，是吧？

我想了想，這大概就是我輸掉最愛兔子寶座的原因吧。比起蘇老師，我沒辦法放棄自己的人生，而且三不五時就會想把小七拖下水，讓他陪我在紅塵打滾。想著想著，不禁悲從中來。

「嗚嗚，咕唧唧唧唧——（媽媽最愛你了）！」

「聽嘸啦，別吵！」七仙打定主意不再隨我的神經病起舞。「大姊，很晚了。」

「嗯？你終於要洗澡了嗎？」我作勢要脫泳衣。「寶貝，一起來吧！」

小七咬牙說：「今夕哥竟然把這個查某推來我這邊，我恨你！」

即使神子神通廣大，也抵擋不了媽媽的親密攻勢。我咯咯笑著，看今晚夜色正美，於是唱了歌給他聽。

「毛兔子，白兔子，一瞑大一寸。七寶貝，寶貝七，來年突破一百七！」

我說，阿夕小時候就是有媽媽一直爲他吟唱長高的咒語，他才會長得那麼高挑。小七有點信以爲眞。

「啊，有流星，兒子，快許願！」我胡亂一指，瞎編一通，小七卻趕緊閉上眼，飛快地重複三次願望。

「一百七一百七一百七！」

原來他比我想像中的還要在意身高，眞可愛。

小七又回復正經。這個晚上，他不知道大道士與小兔子模式之間轉換了幾次，終於決定要徹底和我撇清關係。

「啊啊，和小七出來玩，好有意思。」我望著逐漸燦亮起來的星空，不經意地抓住他瞥過來的目光。

小七放棄糾正我，起身走來我身前，橫在海水與我之間。

「大姊，妳想看嗎？這對一般人來說，可是非常嚇人的。」

我爺爺說過，人會怕鬼，除去「鬼很可怕」這種基本原因之外，有一小部分是因爲輪迴的魂魄都當過鬼，甚至是沒胎可投的孤魂，靈魂深處多少記得曾經被束縛在陰曹地府，整年浸在無邊的黑暗裡，只有一個月可以重獲自由。這種生活，怎麼不令自由慣的人們心生恐懼？

我跟爺爺說，小萍不怕鬼。爺老人家聽了，只是笑著摸摸我的腦袋瓜。

「小七，我不怕，如果你能容許我潛入另一個世界，我想看。」

我想看阿夕眞正出身的地方，了解所謂的地下世界。

小七要我閉上眼睛，要施法給我開眼。他不會一味地把我隔離在那個世界外，這也是大兒子和小兒子最主要的不同之一。

我感到眼皮接觸到相當柔軟的東西，溫暖又帶點濕潤，一會兒便想到那是什麼，幾乎快興奮得不能自己。早知道開眼的過程這麼可口，就該讓小七幫我開個幾千萬遍。

「大姊，收起妳的淫念，等下門開了，鬼差才不會當妳是妖孽，一起拖下去。」

「嗯嗯！」我收起四周朵朵開的小花兒，專心躲在小七身後，只想著可愛的小兔子。

臨近子時，海水開始冒出大小不一的氣泡，接觸到空氣後破裂，不斷發出「啵啵」聲響。小七從胸口抽出白大刀，嚴陣以待。

等所謂的「鬼」浮出水面，我才明白小七爲什麼能放任媽媽在這裡撒野。許許多多，隨著氣流浮動的黑色影子，被架在同一張平面的網上，讓它們藏匿的水泛著白光，反過來成爲囚禁它們的物質。它們掙扎，張開破碎的嘴嚎叫，然而卻半點脫困的可能都沒有。

「妄想以交替奪取他人自由，知不知錯？」

小七責備的話語，就像叫我好好做人一樣，然而它們卻只是遺憾未能成事，毫無悔改之意。

「陰間的懲罰非常嚴苛，希望你們服刑之前，能夠明白害人性命的過錯。」

它們繼續表現出鬼的凶神惡煞，咄咄出聲。雖然我聽不懂鬼話，但聽起來像是咒罵。眾鬼對小七囂張了好一會兒，直到海上大門洞開那刻。咿呀，很沉的門板被推開，更深的黑影從門內拖行出燙紅的鐵鍊，鬼叫聲停息了，一片死寂。

水鬼們害怕起來。我想任誰都會害怕，當將要回去的居所叫作「地獄」時。

拖鍊子的鬼差，齊齊把頭轉向小七，若有似無，朝我家兔子點頭致意，這表示至少小七不是獨自做著惹鬼嫌的正事。

當燒紅的鍊子碰觸到第一隻爲惡的鬼之前，小七朝鬼差做出「稍等」的手勢，也回頭表示要媽媽等他一陣。

他走入海中，一直走到水牢前，屈下身來，上半身和他清秀的臉蛋全都浸入冰冷的海水，然後一個挺腰，把整張網扛起來，連帶著網上數百隻扭曲的鬼。

全部的罪孽押著他，沉重得很，他艱難地邁出腳步，緩慢而堅定地朝鬼門走去。到頭來還是不忍它們在黃泉路上受折磨，親自送眾鬼一程。

海上狂風大作，激起的浪花害我看不清小七。不顧他的勸告，我往前踩進水裡，想要捉住他的身影，結果失足摔進水裡，吞了幾口鹹水。

冷不防，我被人從小腿一把扛起，濕淋淋的小兔子在下無奈地看著我，那頭白髮服貼地垂在他的眉眼之間，明顯襯出那雙顏色不一的眼瞳。

「告訴妳乖乖待著，不聽人話。」

「因爲兔子老母只聽得進兔子話。」我彎起眼笑。先前害怕失去他的擔憂，都只是笑話，看，他還在我的身邊。

小七不明白我的感動，繃起肩膀，看來很想直接把我扔回海裡。

他大吼：「咕咕咕唧！唧唧唧唧吧！」

怎麼辦？我只聽懂他的尾音，這樣就不能自豪兔子語的造詣了，不過反正九成九是在抱怨我一時半刻沒盯緊就給他找麻煩。

「大姊，時間到了。」

我往海上探頭過去，卻被小七的手爪子捂住了雙眼。

他說眞正關上鬼門的那刻，會把附近所有無主的魂魄給勾回去，他不讓我冒這個險。

可是，我並不害怕，我不是無主孤魂，我有家可歸。

「小七，會放鞭炮嗎？」

「並不會！只有一片黑，不要期待任何聲光效果。」小七氣呼呼地攬起我的兩隻腳，讓我安穩地小憩在他肩上。「不過，聽說很久以前，冥世會有歌聲引導亡魂下去安息，溫柔得讓在陽世受難的人寧可往鬼門一躍。」

「現在呢？」

小七搖搖頭說：「鬼王已經很久不唱曲了。」

我聽了，心頭淡淡一酸。

小七腳邊漂來一盞小巧可愛的水燈。那火焰我見過，和琳琳在野外生的火一樣。小七輕柔地吹熄它。

他說，陰間的時間有些錯亂，請他重新調整，他的天賦剛好可以做爲三界時間軸的參考者。而小水燈是冥土的更漏燈，當它熄滅，也就代表令人提心吊膽的陰七月正式落幕。

我們先「跳」回去旅舍，整理好行李，留字條向芳華和老闆娘道謝，感謝招待，告訴她們這片海應該會平靜好些日子，可以安心做生意。

然後，兔子傳送機再從民宿發動了一次，直達林家牧場。

阿夕靠在沙發上假寐，熊寶貝依偎著他的臂膀。溫良恭儉的大兒子和軟綿綿的小熊寶寶爲我等門，我的心不是石頭也不是鐵塊，怎麼可能不爲他們顫動？

「媽、小七，你們回來了。餓嗎？我去準備東西。」

我朝他邁開步伐，硬是拉著阿夕的手臂轉了一圈，聊表想念寶貝兒子的心意。

「夕夕、夕夕！」

阿夕卻說：「媽，我明白妳很高興見到我，但三更半夜穿著泳衣跳舞，還散發出令人作嘔的魚腥味，拜託妳還是先去洗澡。」

「因爲媽媽是人魚公主啊！」

「不要污辱童話故事，妳當臭魚鋪還差不多！」

小七明著忤逆我，不過沒關係，本大娘回到自己的地盤，心情大好，勾住他的脖子，抓著兔崽子到浴室洗掉皮膚上的結晶鹽。

在林今夕的默許下，我和小七一起洗香香出來，然後吃著阿夕的宵夜，眞是人生一大樂事。

但是，小七那顆白腦袋，卻趴在餐桌上，悶聲說：「好想死……」

「大半夜別亂說話。」阿夕揉了下洗得蓬鬆的白兔毛，我也暗渡陳倉地偷摸一把。熊寶貝要不是睏了，也一定會來玩弄他的小七哥哥。

「大哥，你不能放任她胡來啊！」兔子抬頭控訴，還一把搶過我想獨吞的煎餃盤子。

阿夕抱歉地笑笑，他的心情大概是「自己吃過悶虧，也要把小七拖下水」那樣單純。

受到兒子們熱鬧融融的氣氛所誘，我和阿夕說起海邊趣事，沒注意到他沉下的臉色。小七向他道歉沒照顧好老母，我才驚覺說了太多不該坦誠的細節。

「小七，和你沒關係。媽，所以妳今天一次撞見了姓龐的白癡、跛腳老師，和那個死胖子囉？」

「呃，眞巧吶，他們都是你的爸爸候選人。」我一不小心，按下了引爆開關。

「林之萍。」

每次阿夕連名帶姓地叫我，都讓我豎起寒毛，感覺像是大豬公嘴裡被塞入柑橘。

「我警告過很多很多次。」他說了什麼？我怎麼都不記得？「這就是妳下半年的行程。」

阿夕撕了昨天的日曆紙，寫上「回家」兩字，附上到家時刻，只有三分鐘的緩衝時間。

我傻笑，而他不是開玩笑。

「大姊，妳就這麼不想回家？」小七問。我的良心被他無垢的兔眼給牢牢揪住。「妳下班比我和今夕哥下課還早，這樣我回來發現家裡燈亮著，會覺得很安心。不過也因爲妳在，總是會忘記要開鎖就穿門進來，被鄰居撞見不太好。他們都會對妳說三道四，我不喜歡。」

「聽到了吧，媽。」阿夕比誰都還要了解小七無意中洩露出的眞心。

我含淚接過日曆紙，答應下來。因爲兔子老母有義務討小兔子歡心，既然小七希望媽媽等門，媽媽就會早早回到沒人的家裡，把燈火點得大亮。

熊寶貝中途醒來，看到分別一日多的兔子哥哥，過去要小七抱著睡。小七擰著熊耳朵，唸了小熊幾句，才把肚子借給熊寶貝躺。

反正是假日，我鬧到體力不支才捨得蓋上眼皮，總是想和小孩多玩一會兒。阿夕拿毯子蓋在我和小七身上，我勉強睜眼，看他打開落地窗，到陽台透氣。

陽台朝東，可以見到天邊濛濛亮，清晨了，阿夕站在微冷的空氣中，不知道在想些什麼。

我依稀聽見他說話，像是嘲笑著什麼，話中有著無法略去的深沉厭惡。

我莫名地想起爺說過，因各地風俗不同，「關鬼門」有的是七月廿九子時過，有的是說那夜天亮之前才是眞正關門的時刻。

「你們這些可憐卑微的東西，無處可去，最後也只能繼續墮入黑暗。」

小七本著憐憫之心才去渡鬼，而今夕明明不喜歡，認爲亡魂下賤醜惡，還是爲它們唱了歌，全心全意地爲鬼魂唱著溫柔而悲傷的曲調。

一曲終了，阿夕蹣跚進屋，從裡頭拉上落地窗，輕輕地「咯答」一聲，徹底隔開我們與外頭慟哭的鬼魂，親手關起那道門。

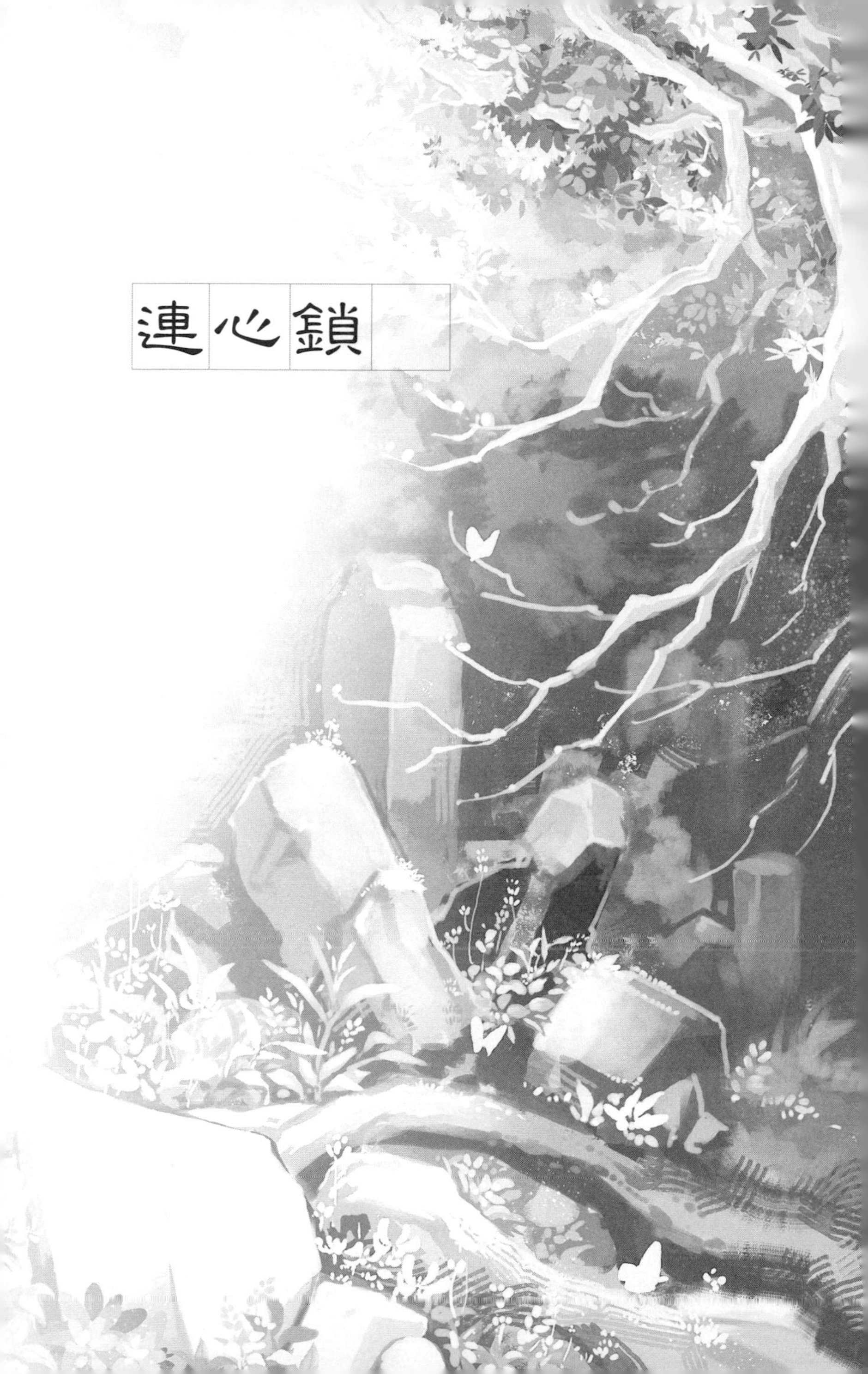

連心鎖

何謂日常？

以最近的日子來說，就是等同於「無聊」的意思。身爲一個平凡的中年職業婦女，也不是特別喜歡動不動就來個厲鬼索命，還是娃娃附身什麼的，但在兒子們的強力要求下，媽媽我五點一到就得坐車回家，夜生活至少打了七折。

我長吁短嘆地去大樓管理員那邊簽收信件，有許多無趣的帳單，以及有趣的粉紅色信封，後頭黏了張紅心貼紙，收件人是林今夕帥哥。

耶，情書！

媽媽我小心地揭開一角，以不毀損到信封的方式，拿出裡頭豐厚的紙張，帶了點淡香，讓我打了個噴嚏。

「親愛的林今夕學長，你或許不知道我是誰，但我一直在你身邊注視著你，一直深愛著你……」

我一邊唸著信，一邊小跳步上樓，單手轉出鑰匙開門進屋，踢掉高跟鞋，走到沙發前，往後一躺，橋出最舒服的姿勢，享受這世上最動人的八卦——兒子的八卦。

嗯，寫得很好嘛，感情豐沛，文筆流暢，還有阿夕每天上下學的記錄表，風雨無阻。其他所有林今夕的運動比賽和學生會活動，她都附上自己的心得感想，眞是個熱情的粉絲。

只有開頭的「學妹」讓我不解，她既然小阿夕一屆，爲什麼會有林今夕大學一年級和高中三年級競選學生會長的詳細資料？是從高中就同校，還是有什麼不可告人的祕密呢？好好奇，好想知道，於是我偷看得更認真了。

隱隱約約，耳邊傳來小七的呼喚。哦，小兒子放學回家了。今天的兔子依然活力充沛。

「大姊、大姊，我跟妳說！」小七蹦蹦跳跳地捧著書包湊過來，青春洋溢啊！

我虛應一聲，大部分的腦筋都花在咀嚼阿夕的情書上。

「我們暑假作業有交一張水彩畫，是我們暑假在山上修行，一起去散步時畫的。」

「嗯，媽媽記得有這回事。」我迫不及待地翻讀下一張信紙，這位情竇初開的少女要告白了，正是關鍵時刻。

「我是全校第二名喔，蘇老師說我畫得很棒！」小七從書包裡拿出印刷品等級的獎狀。

「這樣啊……」

此刻，我死抓著信紙，瞪大雙眼，沒去細聽小七說了什麼。林之萍活了三十多多載，竟然做下這等誤判，這封粉紅信件不是愛的情書，而是謀殺預告，他奶奶的熊。

就在這時候，被害人林今夕回來了，提著黑背包，背包裡露出半顆熊寶貝的腦袋。今天的大兒子比平時多了一點笑意。

我趕緊把那封信往沙發縫隙裡塞。

「媽、小七，我拿到國際獎學金了。我和格致借了車，今天到外面吃大餐。」阿夕微笑地宣布這等好消息。

「耶比！」媽媽我跳起身，撲過去抱住了不起的大兒子。這些日子以來，我一直很想念外面花花世界的油水。兒子做的菜好吃，但我就是三心二意。

阿夕單手往後環住我的腰，我的諂媚他收到了，顯得很滿意。然後今夕抬起頭，有些納悶地朝七仙開口：

「小七，怎麼了？」

我家最可愛的小男生，只是慌忙地把一張紙往書包裡塞，連連搖頭，直說「沒什麼」，但媽媽我總覺得他少了一點專屬於小動物的生氣。

於是，我們三人一熊朝高級餐廳出發，一路上，我還真的把那封信給忘了，開心地哼著歌，強力邀請小七和樂團主唱阿夕加入合聲。

「兔子，剛開學，不是有健康檢查嗎？」

「大姊，妳一臉淫笑地問這個做什麼？」原本在發呆又有點沮喪的小兒子，突然戒備起來。

「小七好過分，媽媽哪有一臉淫笑，哭哭！」我蹭著熊寶貝的腦袋。民婦幼子不孝，天可憐見。

「媽，妳有。」阿夕竟然幫腔打擊我。「小七，有沒有長高？」

「當然有，吃了那麼多今夕哥做的好吃飯菜，再不抽長就太對不起大哥了！」小七由衷地感謝阿夕對他三餐上的照顧。我看駕駛座上的阿夕，正用食指按著嘴唇，強忍著笑。

「幾公分？」

「零點五。」小七慎重地說道，終於可以四捨五入到一百七。

車裡爆出沒良心的大笑，小白兔成爲大白兔的距離還是遙不可及。

「你們笑什麼，有長就是有長，沒有倒退嚕就很好了！」小七被我們逼急了，自己說了什麼都沒發覺。

今夕自從七仙來到林家牧場之後，開懷大笑和抓狂發飆的次數都直線上升。我看看大兒子笑得青春的俊臉，總括來說，養兔子的淨收益還是很値得的。

「小七，沒關係。」阿夕對後照鏡中的兔子溫柔表示，但我卻隱約看到他屁股上有條惡魔尾巴正搖來搖去。「你長不大，媽才會一直喜愛你，而當你過十八歲那一刻，你就會感受到什麼是從天界掉到地獄去。」

通常，聰明一點的孩子，都會明白阿夕是在開玩笑，不過這種時候也就能完美地呈現出小七的腦袋有多不好。他總是先相信，到信任破局時才會去懷疑。

兔子呆在後座，一臉震驚。

「怎麼辦？小七你只剩半年的精華期了。」媽媽我不住地惋惜，哎喲三聲，演技媲美金馬獎得主。林之萍生平最喜歡的活動之一，就是玩弄家裡的兔子。

「我、我才不想被妳當成小寵物，這樣剛好！」小七全力以赴地逞強著。

「小七，你可能沒有完全明白我的話。」阿夕先嘆口氣，再幽幽地開口。「到時候，你眼前這個戀童癖的變態就不要你了。」

「媽媽我才沒有戀童癖，也絕不是變態！」我只是喜歡小男生罷了！

「大姊她不要我就不要我，這又沒什麼，我本來就不屬於這個家，一個人也可以過得很好。」小七使出了大絕招，用離家出走的宣告明示決心。

車內的氣氛一時黯淡起來，後座的小七本來就有一丁點兒消沉，現在又一時衝動說了覆水難收的話，整隻兔子僵在那裡，我倒想看阿夕要怎麼收拾他惹出來的殘局。

「弟弟，就算媽不要你，大哥也會養你，不用擔心。」林今夕朝後照鏡露出一抹好溫柔的微笑。

我眞想不到阿夕可以卑鄙無恥成這樣，利用我去打擊小七，再自己挺身出來安慰兔子，這個撒旦眞是之萍天使養出來的寶貝兒子嗎？

「大哥，你對我好好……」另一個重點是被騙的小七，阿夕隨便說幾句，就把他耍得團團轉，以後應該會連毛皮也一起被賣掉吧。

他們無視於我這個媽咪，兄弟倆在那邊你儂我儂。我偷按車喇叭想引回注意，路人都朝我比了中指，兒子們卻還是沒理我。

林之萍可以上刀山下油鍋，就是不甘寂寞。

「寶貝們，來跟媽媽玩，不要不理我！」

阿夕輕睨我一眼，繼續專注在路況上，而小七則板著死人臉。

我動搖不了鐵石心腸的大兒子，但對付小兒子可是綽綽有餘，可憐兮兮地眨了好幾下眼，小白兔就有一點鬆動的跡象，再接再厲哭么幾聲「工作好累」、「壓力好大」，小七那雙眸色不對稱的眼就不禁軟下。

「妳想玩什麼？條件是不可以打擾今夕哥開車。」

得逞了，我忍不住彎起大大的笑容，叫小兔子把爪子伸出來，我把右手掌覆上去，挑戰母子間的心電感應。

「我感覺到了！」媽媽我不禁大喝一聲。「你覺得媽媽很漂亮又溫柔賢淑，對不對？」

「完全錯誤，妳只會煩人和惹麻煩。」小七冷眼說道。

林家的列祖列宗，看看這是什麼不肖子弟？枉費我林之萍每天都在關心他屁股有沒有長出一團毛尾巴，壞兔子！

小七將我們貼在一起的掌心反轉過來，變成他的兔爪在上面，我感到一股熱流徐徐往腦門送來，好一會兒，他才睜開微泛著光的異色眼瞳，目光有些呆滯。

「大姊，妳在想最近氣溫回升，我穿短褲露大腿的樣子。」

我震驚地張大嘴，不愧是鐵口直斷小七兔，眞是太神奇了。

這時剛好在等紅綠燈，阿夕拉住我的左臂，把我往他身邊帶。

「媽。」

「哎？」

「犯淫戒，掌嘴。」阿夕輕拍我的臉頰，又回去握方向盤。

「呦嗚！」這是家暴，我委屈得快噴出淚來。

不過話說回來，能夠得知對方心裡所想的事，感覺實在好有趣，有句話叫作「心心相印」，兩顆心如果能連在一起，再微小的心跳，對方也能察覺得到，這樣人活在世上，就不會感到寂寞了。

於是我轉頭問小七寶貝，能不能教我一些訣竅，卻被兔子嚴詞以對。

「大姊，完全知道另一個人在想什麼，沒有妳想像中的好玩。人的心底都有些暗處，有時候藏著並不只是爲了保護自己，也怕傷害別人。人心隔層皮，其實對彼此都好。」

繼「囉嗦七」之後，我要給他封上「悲觀七」的新稱號，沒試過怎麼知道箇中滋味？

小七聽了我的無理取鬧，眼睫毛微垂下來。

「我上輩子認識一個天生全能感知的修行者，他喜歡人喜歡得要命，卻只能離群索居，因爲他只要碰觸到對方，就會接收到人家心裡所有的惡念，別人覺得他可怕，他也活得很辛苦。」

我左手和右手的食指一起比向小七，「啊哈」一聲，媽媽記得他上輩子除了師父、師兄之外，交友圈小得可憐。

「妳很煩咧，就是陸家那個白目道士啦！我起初還不知道，任他摟摟抱抱。後來是我每次一起念頭，他就會立刻挨過來，叫我不要難過，唱曲子或是說笑話給我聽，久了我才發現不對勁。他能撐著沒有發瘋，都是因爲他本來就是個神經病，凡人是沒辦法忍受他人赤裸的意念的。」

即使小七說得明白，我還是不死心。

「可是反過來說，你開心，我就知道你的快樂；你難過，媽媽可以立刻把你抱在懷裡惜惜，你就不用一個人逞強了。」

他聽了，又把頭垂得老低，伸手過來想拉我的裙襬，我卻眼明手快地早一步拉起他比同年男孩粗糙的手，用力握在手裡。

「七仙，你總是悶著腦袋，我都只能用猜的，要是猜錯傷到你的心，媽媽會很心疼呀！所以，你有什麼事，都要告訴我，好不好？」

小七微張開唇。成功了，他就要對我掏心掏肺了，林之萍正式攻略了我家最可愛的小男生！

「大姊，我再半年就十八歲了。」

「嗯？」

「我、我還是想當妳的孩子，可以嗎？」小七仰起臉，懇切地說道。

據阿夕事後指稱，我的眼淚當場四濺車廂，被小七反將了一軍。

「你這隻笨兔子，都不知道媽媽最喜歡你了嗎！」

看吧看吧，心意不相通就會造成這麼血淚的悲劇，要是我能把心挖出來給他看清楚，他就不會被不安全感給支配了。

就像情書小姐最後一句血紅的字：我這麼愛你，你都不懂我的心。

□

阿夕選了一間等級驚人的日式料理餐館，還訂了包廂。小七跟著我們脫鞋，踩上榻榻米，好奇地打量包廂裡雅緻的裝潢，等他回過神來，才發現我們一家老小都在看他，白淨的臉皮不禁一紅。

我招手叫他來我右手邊坐下。好在是在包廂裡，不然這麼可愛的孩子，一不小心就會被喜愛小男生的大野狼給綁走了。

「小七，你有來過這種地方嗎？」阿夕問，沒有惡意。

「以前生母帶我去過用刀叉的飯館。」小七垂著眼，學我們拿著菜單，卻不太明白要如何使用。「不過不是客人，我們在廚房裡洗盤子。」

「阿夕。」

「媽。」

我們一路窮過來的母子倆達成共識，各出一隻手，用力搓揉小七的軟髮，連熊寶貝都爬上桌面，過去蹭蹭兔子哥哥。

「我是修道之人，不會在乎這種身外之事。」

小七說的或許是事實，但我們都當他在逞強。

「小七，喜歡什麼，盡量點，菜單上有圖片。」阿夕俯下身，跟著熊寶貝貼向長几另一面，仔細為小七介紹。聽到小七想要兩碗白飯，還捏了下他的兔耳朵。

看他們兄弟倆感情融洽，我也忍不住挪向右方三吋，我一動，兩雙特別的眼珠齊齊刷來，我還朝兒子們笑了下。

「大姊，妳想幹嘛？」小七防備地遮住他可愛的小屁屁。

「媽，這是他的第一次，請不要害他留下什麼心靈創傷。」阿夕頂了下冰冷的鏡框。

我本來想抗議幾句，但還是含著被兒子們嫌棄的淚珠，坐回原位。他們都不明白媽媽只是想和寶貝們熱絡一下感情。

阿夕和小七的臉不時地碰在一起，自然而然，愈看愈像親兄弟。我拿出手機拍照，事後再多沖洗幾張，以撫慰我人母的心靈。

不久後，來了一名身穿深藍短袍的可愛美眉幫我們點菜，一看到林今夕就尖叫，把單子遞出去，拜託他簽名。

「是我同學。」阿夕淡然說明，被這唐突的狀況弄得有些不快。「妳怎麼在這，不是快被當了？」

「素心沒跟你說嗎？我是這間料理店的小老闆。跟我交往的話，每天都有新鮮的生魚片可以吃。」女孩勾起大大的笑容，眼角像月牙勾，不得不說阿夕學校眞是美女輩出。

「嘿，不過要入贅。」

「妳與其作夢，還不如去死。」阿夕推了下眼鏡。

女孩摀住胸口，開心死了，和鴿子有同樣的病症。

「既然是妳家開的，給我半價。」從阿夕光明正大的囂張態度來看，這個女孩在他心裡應該評價不錯，可列入兒媳婦候選。

「抱歉，價錢是本店食材嚴選的保證，折扣這種有辱聲譽的事，恕難從命。」女孩的眼瞄向我，又瞄向小七。「我認得你的熊兒子，這兩位是？」

「我是今夕的母親，阿夕受妳照顧了。」我露出慈藹的微笑，扮好鄰家伯母的角色。

女孩突然結巴起來，少了剛才的伶牙俐齒，對我九十度一鞠躬。

「真的很抱歉，不知道您是母親大人，歡迎蒞臨本店。為我的失禮賠罪，今日半價優待！」

我呵呵笑著，順道打眼色給阿夕。真不好意思，媽媽的面子比你還大。

「茵茵說會長大人喜歡成熟的女性，還以為妳是他的……」女孩慎重地對我比了小指。我想大笑，但鄰家伯母的形象不能亡。「我是韓鈺，您可以叫我阿玉。將會長大人養育成人的媽媽大人，非常榮幸見到您本人。」

因為阿夕是個了不起的孩子，我總是受到他大學各系學生的尊重。

「這位就是會長大人的弟弟呀，和傳說中的一樣可愛。」阿玉伸手想捏小七的臉，這是身為女性見到可愛小東西的反射性動作，但被阿夕用力拍掉了手。

「不准碰。」阿夕把小七往身邊圈。

「會長好小氣！」

我眨眨眼，眨了又眨，剛剛似乎見到了難能可貴的畫面。

「不好意思，可以點菜了嗎？」小七輕聲地問。就一個青春期男孩子的代謝力來說，他大概快餓死了。「你們爲什麼都在看我？我是不是說錯什麼？」

「沒有，會長的寶貝弟弟，請說。」阿玉特意在對小七的稱謂上加重了口氣。

可是小七沒發現，只是滿懷期盼地指著各個他和阿夕商量好的菜色，不同色的眼珠子閃閃發亮。

「再一盤兔子肉。」我打破三分鐘不說話的極限，爲了戲劇性的這一刻。

阿玉揚起明眸，然後認眞地在菜單上寫上一個大大的「兔」字。

「哪裡有兔肉？妳們不要毫洨我。」小七的身子微繃，大概是感應到同類的哀鳴。

「火烤兔肉是這家店的招牌，小七。」阿夕摸了摸小七的軟髮，說起謊來眼也不眨一下，不愧是我兒子。

大概是我和阿夕整天說要把他剝皮剉骨做兔子三杯的緣故，小七的臉色有了微妙的變化。

因爲阿玉特別招待的關係，這頓晚餐豐盛得很，還有小七戰戰兢兢的表情當配菜，吃得可眞開心。

結帳時，阿夕拿出白金黑紋的信用卡，我記得那張卡的年費等於我家房屋貸款一年的利息。

「發生了一點事，跟格致借來用用。」

阿夕說得理所當然，我半夜卻收到鴿子傳來的血淚簡訊，說他被搶劫，還得恭送犯人回家，附帶一句「路上小心」。

吃飽喝足回來，第一件事就是腆著肚子在沙發上看電視，阿夕切好水果供奉他老母，告訴我他要回房間辦公。好，就去吧，寶貝。而小七給滴到醬油的熊寶貝擦完毛，也說他要回房間唸書。這個不行，媽媽不同意。

「兔子，媽媽都是跟你一起看連續劇，快要感人大結局了，你怎麼可以丟下媽媽不管？」

小七略略瞥向阿夕的房間，深吸口氣，決心要發奮圖強。

身爲人母，我也不能阻止他用功、學魚兒往上游，只能哀聲嘆氣地轉著手中的遙控器，把小熊叫過來給媽媽墊腰。

小七沒有關門，從我這邊可以看到他苦讀的身影。他的成績不是頂好，在班上敬陪末座，蘇老師還會在月考後跟我道歉，說他教導無方，請我千萬別責怪小七。蘇老師什麼都好，就是容易大驚小怪。

從前從前，有個小女生老愛交白卷給小學老師，因爲她一直搞不懂考試的目的是做啥。把眼界從世間拉到世外，白卷和一百分，總歸都是一張紙。

我的小學老師只能對我嘆氣，告訴我要是不能住在世外桃源，還是得努力拿到一百分才行，這裡畢竟是人間。

後來我總是遇到完美主義的朋友，她們自己過勞死就算了，還會拿著皮鞭在身後押我讀書，苦不堪言。她們就像我死去的老母，恨鐵不成鋼，相信我聰明蓋世，只是不夠努力。

因此，我絕對不要求兒子唸書，不讓他們經歷我曾經的苦痛。

大兒子很優秀，天生才者，他鎖在房間的絕大半時間，並不是忙著課業，但媽媽不好意思說破。

小七在這個家，比較的對象只有阿夕，對他來說就是兔子遇到森林之王，沒有勝算的。蘇老師說小七高中以前，很少好好上過學，基礎只有幾塊碎磚，能夠及格就很好了。大家都這麼想，今天的七仙卻突然轉性，要去面對他最不擅長的學科。

果不其然，過了三十分鐘，小七就趴在書桌上，酣然睡著。

我關了電視，動身前往小兒子的房間，拿起他手邊的作業本，輕輕翻動。

小七習慣把好事記下來，這是他學校的習作，也就到處寫著蘇老師的溫柔和充滿熱情的同學們，看著就知道他有多麼喜歡上學。

他總說，他在學校裡學了好多東西，而我則忍不住笑道：小七好棒。一直以來，都是如此。

只有今天，他回來時似乎提了什麼，而我當時正被那封情殺書噎著，一時忘了回應。

還是說，林之萍的養兔子大業已經開始懈怠了？這樣下去可是會兔子別抱的，不能不振作起來了！

「媽，小七睡了？」阿夕從門外走來，熊寶貝跟在後頭。

「嗯，睡得很熟喔！」

然後，阿夕橫抱起椅子上的小七，輕輕鬆鬆，看起來極為熟練，把他弟平放到草綠色的床鋪上。小七還是睡著，稍微曲起身子，兩手握拳，輕靠在臉旁。

我擦掉流出來的口水。

「夕夕，晚安。」

我拉起被單，就要和小七度過一個甜美的夜晚，卻被阿夕狠心逮住，強行拖出房間，小兔子離我愈來愈遠。

媽媽只是想和小兒子一起睡覺，又不會做任何違法的歹事，為什麼要剝奪我的天倫之樂？

「媽，我是妳養大的。」阿夕動人一笑。「妳會做什麼，我都心知肚明。」

阿夕這番話稍稍觸動我的心弦，雖然那話裡的寒意也讓我打了個激靈。

「可是我都不知道你在想什麼。」

阿夕低眉凝視他堪比天仙的母親，有一瞬間，我眞認爲踩到了地雷。

「媽，妳會怕我嗎？」他放柔聲音說道。

「怎麼會呢？」我大方摸著兒子俊逸無雙的臉龐，難掩喜愛。

「假如有一天，妳留在我身邊只是因爲懼怕我，我一定會忍不住殺了妳。」

今夕還是笑得溫柔，我往前一步，把他的腦袋擱在我肩膀上，不停哄著他。

「媽媽是打不死的蟑螂，也是夕夕的小仙子，不會有那麼一天的。」

我偷偷想著，好端端的，怎麼會突然發作？阿夕八成又幹了勉強自己的事，心裡不太舒服，出來找我，我卻窩在小七房裡幸福笑著。任憑他優秀到掃平世界各國的競爭對手，拿下獎學金，光宗耀祖，內心裡卻還是我當初抱回來的那個總是惶然不安的孩子。

我要是說他和兔子一樣笨，阿夕一定會生氣。

「好吧，雖然你也十九歲了……」

「媽，晚安。」

阿夕鬆開手，翩翩走回房裡。我雙眼含淚，被技巧性地拒絕了。

我又坐上沙發，打開電視，節目因爲沒有人陪看而變得乏味，反正我也志不在此。往後摸索坐墊的空隙，嘿，有了，情（殺）書。

上面最後一段寫說：等到我們彼此心意相通，就要牽著你的手，到另一個美麗的世界去，沒有痛苦，只有幸福快樂。

我在三十九年的人生中，從不同人口中聽過無數次類似的說法，他們大多失去了面對現實的勇氣，白天夜晚都作著千篇一律的夢，而另一個世界，通常指的是死去的世界。

林之萍雖然大而化之，寬以律己，寬以待人，但想拉著我兒子私奔到奇怪的地方，還是得經過我的同意。

我拿起信封想裝回信，覺得掂在手中的信封有些沉，便把封口往手心倒了倒，是一條金鍊子，扣環做成一個大愛心，很少見的款式。這個要是送給林今夕，他大概三千年都不會戴在手上，但卻很合我的膚色。我把鍊子搭上左手腕，試了一下。

「答！」

我眨眨眼，眨了又眨。人家只不過是推了下半顆心之間的插梢，怎麼會嵌住了呢？

「拔、拔不起來……」

完全合手，就像是爲我量身訂做的，其實今夕學妹暗戀的是林阿萍吧！

我只好重新看了情（說明）書，尋找解開金鍊的方法，可是信上卻只有介紹功能——可以讓阿夕和她心心相印。

我煩惱了大概三十秒，這三十秒內，世上沒有人可以了解林之萍的痛苦煎熬，我一個婦道人家承受了多大的良心譴責。

三十秒後，電視機前的我揚起天真浪漫的笑靨。

學妹呀，這條心連心鍊子，林今夕他老母就不客氣地收下了，謝謝啦！

□

我睜眼等今早的太陽升起，迎接明媚動人的一天，還特地做了早點。

小七苦惱地在房間裡收拾書包，昨晚連作業都沒寫完，今天大概會被老師罵。媽媽則滿懷期待地等著看他放學回來時沮喪的可愛表情。我家兔子不管喜怒哀樂，兔子老母都百看不膩。

而阿夕在進浴室前，看到我端出煎蛋吐司，嘴角抽了下，默默地去打理自己的服裝儀容。

小七終於從作業沒寫的陰影中走出來。咯咯，我的頭號實驗品。

「大姊，豬生了半年也會走路，妳卻一點進步也沒有。」他小口咬著焦黃的吐司邊，我則像平常一樣地去捏他的白嫩臉頰，結果卻令人大失所望。

完全沒有反應，我想阿夕學妹可能在網路上買到了不良品。

阿夕也英俊瀟灑地來到餐桌，他今天穿黑格子襯衫，走紳士路線。我不氣不餒，冒著生命危險進行第二次試驗，阿夕卻俐落閃開，狠心不讓媽媽捏捏帥臉。

他們一臉嫌棄地吃完母親的愛心早點，阿夕帶上熊寶貝，小熊還繫上花花送他的彩花領結，媽媽忍不住多蹭了幾下，然後一家人一起下樓。

格致的車還在阿夕手上，當大兒子低身為我開車門，我立刻被虛榮心擊潰，在左鄰右舍伯母小妹艷羨的目光下，優雅地步入轎車內，小七和熊寶貝也乖巧又可愛地坐在後座，充滿上流社會氣息地出發了。

「媽，妳喜歡的話，我存錢買輛車好了。」

「不用啦，這樣大家就看不到你騎機車的英姿了。」

家裡沒什麼錢，我這點小小貴婦喜好，比不上小七的才藝繪畫班，小草也說阿夕那把黑美人吉他壽命到了。只是機車三貼要罰錢，有台車的話，一家人就能一起到處跑，每個週末都可以拗阿夕去旅行。

基於母親優先，阿夕先載我到公司。我一下車，就碰上從停車場出來的老王，忍不住為這份巧遇撲了過去。

「包大人，為民婦作主啊——」

老王挪動了他那胖嘟嘟的身軀，讓我撲了個空。他和阿夕兩人隔著擋風玻璃，彼此交會的目光迸射出激烈的火花。

哎呀呀，看來他們兩個坐下來一起喝茶聊天的日子，還有盤古開天闢地那般遙遠。既然爭端出在我身上，我也只好想出緩和氣氛的辦法。

「小七，跟王叔叔打招呼。」

小七從車窗探出腦袋，嘴唇無聲地動了兩下，有一點點怕生。

「叔叔好。」

「你好，明朝。阿晶常常跟我說你的事情。」

老王的表現真是令我刮目相看，雖然他總是把「討厭小孩」掛在嘴邊，但真正遇到可愛小朋友，還是有辦法擺出僵硬的親和感。

「啊，是蘇老師。」提起喜歡的人，小七的欣喜一目了然。「老師有跟大家說他借住在學長家，不用替他擔心，學長都會替他洗內褲。」

「阿晶那個白癡……」老王扒住臉，咬牙切齒。

「志偉，你真是個好男人！」我兩手交握，感動地望著萬能祕書王。乍看之下，老王似乎脾氣暴躁，不好相處，但他其實溫柔得很，總是全心全意照顧身邊的人。

「媽，我也幫妳洗過內衣褲，每天每天。」

老王不敢置信地瞪著我。我乾笑著看向阿夕，有必要在大庭廣眾之下出賣你老媽嗎？

「我們就別在內褲上打轉了，哈哈哈，兒子們，路上小心。」

我揮別林家的寶貝們，回頭趕緊小跳步地跟上老王的腳步，沿途都有年輕人和我們打招呼，老王沒搭理，身爲祕書助理的我就負責笑咪咪地回應。

一進辦公室，我就忍不住跟王祕書提起情書的事，加了不少曲折的情節，再省略了金鍊子的部分。

「妳小心一點，你們一家人輪流倒楣，而且任何一個有事，就會把全家都拖進去，所以妳的曠職日數才會那麼驚人。」

我竊笑，擔心人家就直說嘛！

「笑屁，快工作！」

我還是笑個不停，比平時更有效率地處理文件，做到一半時，我猛然想起一件重大到不行的要事，抬頭盯住我的山豬實驗品三號。

我假意去偷懶泡茶，然後趁著端上茶水時，摸了下老王的手背。

才碰上這麼一下，我就馬上收了手，他在審理大案子，沒空理我。

偷看人心的感覺很複雜，像是別人腦袋裡的想法變成自己的意念，和聽人說話完全不一樣，程度上非常不同。

即使過了十來分鐘，我還是沒辦法定下心來，可能是偷窺的副作用。

「妳怎麼臉頰發紅？發燒嗎？」

「討厭啦，你怎麼一直在注意人家？」我嗲聲回應，結果換來老王拿橡皮擦砸我。

「我會幫妳查查看寄件人的來歷，拜託妳快點幹正事。」

「我好愛你喔，志偉。」

「去死！」

我晃晃金鍊子，享受著好久不見的少女情懷，畢竟我已經長大了二十幾年，不太奢望有什麼避風港。

老王一心想著：我這次，一定要保護好林之萍。

□

本來以爲得了個寶物，但下班擠公車的時候，林之萍女士徹底嚐到了苦頭。

雖然說不是不曉得男人腦袋裡在想什麼，但眞正「感同身受」之後，才知道我低估他們對肉慾的渴望。我在公車上，搖來晃去，撞來撞去，大家很少想著快樂的事，連帶我都悲情起來。

好不容易撐到站，我虛脫地下了公車，去大樓管理員處簽收信件，看看今天會不會有第二封情書殺人預告。

沒收到信，管理員老伯倒是給了我一個沉甸甸的皮夾，眼熟到不行，我記得這是我送給阿夕的十七歲生日禮物，皮夾內側有他名字的英文縮寫。

老伯說是一個女孩子送來的，長得有點魁梧，卻綁了兩根馬尾，聲音很假很嗲，還留了手機號碼、電子信箱和長長一張聯絡用的網路帳號。

「妳那個大兒子真的很受歡迎。」管理員說。

我搔搔頭，有一丁點兒得意。

沒有情書，但獲得阿夕的神祕皮夾。我回到家，立刻打開皮夾扣環，他之前放著花花的相片，分手後送給我，現在到底換上了誰，媽媽我好想知道喔！

我看了，忍不住一怔，那張情侶照上，阿夕吻著的人，年紀比他還小，打破了他喜歡成熟姊姊的傳言。他的對象還穿著高中制服，個頭不高，眼睛相當漂亮，好比美玉一般，澄澈乾淨，毫無雜質。

我的手有些發抖，當初潘朵拉打開盒子時，大概和我有相同的心情。

阿夕和小七什麼時候走到那一步，媽媽怎麼都不知道？

而且兔子的臉頰親親，明明屬於兔子老母，阿夕怎麼可以捷足先登！

我的兒媳婦要是小七的話，算一算就少了兩個媳婦兒，以及許許多多的孫女、孫子。我不是歧視同性戀，但林家牧場擴大經營的理想恐怕就要難以實現了，林之萍忍不住悲鳴了兩聲。

這時，來了電話，來電者爲小草。他是阿夕的得力屬下之一，和我私交甚篤，兩人會背著阿夕暗通款曲。他先向我斯斯文文地問聲好，才進入正題。

「之萍姊，今夕陛下的錢包送過去了嗎？」

「收到了，我保證沒有偷看。」

「……那我先來解釋陛下爲什麼放了他和白仙的親密照。」

「素心，不用解釋，林阿姨什麼都知道。」我是開明的現代女性，絕不會棒打鴛鴦。

「不，您一定是誤會得徹徹底底了，那是做給激進追求者們看的陷阱，白仙有能力自保，而您只是普通人，陛下再怎麼設想周到也總會有漏洞，希望您能明白他的苦心。」

「我是阿夕的老母，當然明白他的一片眞心。」

小草幽幽地嘆口氣，有種朽木不可雕也的惆悵感。

「這麼說好了，林今夕想放您的照片，可以隨時看著、摸著，但怕您被有心人士盯上，只好用白仙充數。」

好啦，我知道阿夕最愛我了，只是他會下意識地選了小七，表示那顆總是緊閉的心房，已經把兔子劃進家人的圈圈裡。

「之萍姊，陛下的防備並非自戀、自大、庸人自擾。最近有個無畏他殺氣的追求者，和龐心綺有點像，都自以爲是陛下的紅粉知己。三不五時跑到學生會辦事處，以女主人的身分自居，更可怕的是，她還對我和格致暗送秋波，格致都嚇得打電話給謝茵茵，用茵茵關心他的甜美聲音來消毒。」

「素心，你的意思是？」

「簡單來說，有花癡纏上了今夕陛下。」

「是『學妹』嗎？」

小草沉默了好一會兒。

「她有去騷擾妳嗎？那我立刻過去！」

「沒有啦，阿姨只是瞎猜的。」

這支電話號碼來自小草打工的地方，是個一加入身價就百倍上漲的公會機構，成員爲道士和法師，他在裡頭升作客服少爺，時薪很好，我不能害他犧牲寶貴的工錢。

「眞的？妳要是有什麼萬一，陛下可是會遷怒到我們身上。」

「眞的。」請相信林阿姨誠懇的聲音。

「以往不是沒有過這種案例，但這次有人情問題。」

說到人情，連在商場打滾十餘載的我也倍感棘手，老王的罩門也是這塊，他的決策總是因爲總經理的人情問題而被迫折成兩半。

小草又嘆口氣。

「是阿古的堂姊，叫古莫。大三被二一，重考回我們學校。阿古只差沒給林今夕下跪了；他說他堂姊小時候對他很好，後來就在我們學校被一個古怪的宗教團體招進去，成了虔誠信徒，被家人帶回來以後，言行變得怪異，成天都笑咪咪的，即使給別人帶來莫大的困擾，還是非常快樂。」

小草說起來憤慨，爲朋友香菇打抱不平。他的可愛小缺點之一，就是情緒一起來，會轉不回理性思考，不改一改，很容易受制於人。

「素心，冷靜一點，會有辦法的。」

他好聽的聲音悶悶應了下。

「之萍姊，現代人不知道怎麼了，科技昌明，傳統式微，異教卻大興，他們的系統著實擾亂了三界秩序。滿口渣滓，藉善爲惡，運氣好的被帶回輪迴，但大部分都成了魔的養料。都是他們，害陛下變成這樣麻木不仁。」

「阿心啊，不只現代如此，從阿姨那代就有了。有的確實有自己獨特的價值觀，有的實在很不好。」

我家兩個兒子都被狂熱信仰害慘過，那些人動手的時候沒有半分不忍心。我光是看著阿夕和小七的舊疤，心就痛得半死。

「之萍姊，我母親也加入一個見鬼的心靈成長團體，忙著照顧別人家的小孩而拋下我，我眞不知道她在想什麼。」

小草硬撐著雲淡風輕的口氣，但我怎麼會不知道他有多難過？

「你這孩子，心裡有什麼不開心都要告訴阿姨，不要逞強。我會去找你媽媽談談。」

我從話筒感覺到小草的踟躕，這條通心金鍊眞不簡單，不過也可能是我這優良人母十二年的經驗使然。他後悔又找我吐苦水，把家務事定義作「小草自己的事」。可是人生路上本來就磕磕絆絆，要互相扶持，這條路才不會走得太過艱辛。

好一會兒，小草才出聲，總機小姐說他佔線太久。

「之萍姊，我覺得陛下在等阿古堂姊犯下不可饒恕的錯誤，那麼他在事後罰所該罰，阿古也不能吭上半聲。」

我向小草再三保證不會有事，因爲心連心手牽手計畫中最大的關鍵，就在我手腕上閃閃發亮。

而且還有個胖子說要保護我，好害羞喔！

才與小草告別沒多久，小七就輕巧地穿門而入，他盯著鑰匙，好是納悶，大概今天又開門失敗了。能遊走陰陽兩界的他，總是與隔離內外空間的門鎖處不來。

「寶貝——」總而言之，先撲過去再說。

小七本想往神壇的方向跑，用鄭王爺的威勢制住我，但他只略略頓了下，我便像八爪章魚般地扒住他整個人，幸福地蹭蹭他的小臉。

這次金鍊子總算有了回應，在我手上發燙；小七的心暖和得不得了，我忍不住多抱了幾下。

「大姊，夠了，放手，再下去我就要報警了。」

但是他的心卻不是這麼想的，他很喜歡我抱著他，覺得媽媽好漂亮、好溫柔。

我鬆開手，轉而拉住他的十指，祈求般地看著小兒子。現在的我拜託他任何事，他都會為我實現。我就是這麼一個得寸進尺、貪得無厭的人類。

「小七，今天一起洗澎澎吧！」

小七眼神死去般地回應我，眨眼間消失，然後浴室傳來響亮的關門聲。

我摩挲著失去溫度的手指，哀傷嘆息，原來我家兔子真的打從心底把我當成大變態。

小七洗香香出來後，告知我阿夕有事的壞消息，晚上十點前，林家牧場只有大小兔子相依為命。哎，剛才真應該趁勝追擊，一起泡個澡。

他伸手往前掏了掏，憑空掏出一袋溫熱的便當，是他在路上買的，放在異空間裡保溫，剛才被我一鬧，差點忘了拿出來。

我在客廳享用便當，小七則是把便當帶進房間裡，要一邊吃，一邊看書。

他唸書不得要領的樣子也很有趣，阿夕過段時間應該會來糾正他，我只要捧著頰，看著小七用功的身影配飯就好。

一會兒，可愛的小男生抓著英文考卷出來，問媽媽可不可以教教他。

「當然沒問題，媽媽我出國那麼多次，英文可是嚇嚇叫，問我準沒錯！Run, run, rabbit!」

至於國中生阿夕幫我加強補習的事，先略過不談。

我攬住小七的肩膀，貼身指導。他很認眞地聽我講解，全心全意做筆記。他想努力成爲和阿夕一樣優異的好兒子，而我不需要他有所成就，就喜歡他到極點，可惜小七不明白。

「以前蘇老師到公墓幫我課後輔導，教了我很多知識。」一對一教導讓小七想起往事，那時蘇老師和他並肩相依，在小廟的門檻上藉著昏黃的燈光學習，讀書聲琅琅於寂靜的墓園。

我偷偷朝神壇竊笑，鄭王爺似乎在家。

「蘇老師向我說了這座島的歷史，我很喜歡。我兩輩子都生在這片土地，遇上我所愛的人，這裡對我而言，總是比別的地方特別。」

我愈來愈明白那位把小七上輩子當抱枕的大道者的心情。就我的了解，小七的遭遇絕非一帆風順，但是他都只念著好的，光是看他把失去的人端在心坎，就知道身邊的自己也被他加倍珍惜著。

「兔子，媽媽好愛你喔！」我有感而發。

小七別過頭要縮回殼中，我卻眼明手快地抓住他的爪子。爲什麼他也愛我愛得半死，卻老是抗拒我的感情？

他腦袋那團雜絮猛然竄到我心中，有一名身形與我相似的女子，使勁推開他，年幼的他摔在熱得冒煙的馬路上，白嫩的皮膚立刻燙出一道道水泡，可是那孩子還是追了過去，一直用綿軟的嗓音叫著「媽媽」，再痛也捨不得離開她。

「大姊？」

我只是難過，我沒事。

小七看來有些不知所措。我可以無謂自身的破事，但事關寶貝們就不行，一時間平復不過來。

「我躲開，不是因爲討厭妳，我……」

我不知道該怎麼跟小七解釋，他在想什麼，我再清楚不過了。

「七仙，如果有一天，媽媽因爲不可抗力，把你一個人丟下來，你一隻毛茸茸的豢養家兔，該怎麼辦才好？」

小七垂下雙眸，散發著淡淡的悽楚。這種時候再抱一下很正常，應該不會被懷疑我是想讀他的心。

「大姊，我沒有關係，會過得很好。」

他的心裡很平靜，我幾乎要以爲他說的是實話，但在鬆手前，卻有一道微弱而無助的童音，哽咽地喚著母親，一遍又一遍。

他的生母兩輩子都拋下他，他想，一定是他哪裡不好，所以身爲養母的我，如果有朝一日也把他扔了，他竟然下意識地認爲，那也是理所當然的事。

既然如此，他又何必放那麼多感情在我身上？只准自己偷偷戀慕著兔子老母，不准我疼惜他。這隻兔子眞是笨得離譜，難怪會被阿夕騙去拍親親合照。

要是我眞的不在了，他怎麼可能好好地繼續活下去？

「小七，我們來打勾勾，給媽媽你的小指頭。」

小七猶豫了一陣，最後還是貢獻出他的右手小指頭，我勾住他伸來的手指。

「天靈靈，地靈靈，兔子老母發誓，任憑山崩地裂、海枯石爛，也絕對不會丟下小七兔，欽此。」

我感人肺腑的咒誓，換得小七放棄訂正英文考卷，陪我看連續劇，一起在客廳裡等著阿夕回家。

大帥哥準時在十點整回家，小七已經在我肩上呼嚕嚕地睡著，任我玩著鼻子、耳朵。阿夕實在看不下去，一脫鞋又用公主抱的姿勢，把他弟弟運回床上。

等兔籠一關，媽媽我以笑容逼問阿夕，他身上的菸味和胭脂味是怎麼回事？

「媽，錢包還我。」

他不過下個命令句，我母親的威嚴便輸到脫褲，聽話地把阿夕的皮夾物歸原主。

「照片呢？」

「嗯嗯？」我搖頭。那麼珍貴的大小兒子合照，怎麼能不收藏進林之萍的百寶盒裡？不然就太對不起我自己了。

阿夕呼出有點長的鼻息，大概也明白到他必須再騙一次小七，而我則是滿心期待著阿夕邪惡的鬼點子。

「我去夜店，見一個妳不喜歡的人。」

哦，這是個意外。我很少與人為敵，除非那個人姓龐。

阿夕不打算多說。我習慣性地摸了摸他耳畔，忘了手中發亮的金鍊子，他的意念頓時躍入我的腦中。

他見的那人是龐心綺，穿著暴露，但世家千金的氣息已不復存在，身上散發著露骨的慾念。她勾住阿夕的脖子，兩人往昏暗的包廂走去，然後是男女四肢交纏的畫面，喘息聲和低叫聲不絕於耳。

我收回手，動作快得讓阿夕皺起眉頭。

「是龐心綺吧？你既然不喜歡她，爲什麼要單獨和她碰面？」

冷靜，林之萍，這是妳兒子，冷靜！

「我有我的理由，妳不要過問。」阿夕迴避了問題，眉宇間洩出幾絲疲憊。

「阿夕，不可以亂來，不能讓女孩子傷心。」

我明白他條件有多好，但不能仗著自己被愛的先機，把對象當作玩物。

阿夕偏灰色調的眸子望著我，我的話讓他很不高興。

「妳不相信我？」

要是沒「看到」，我一定百分之百相信他，但那個亂糟糟的眞相，讓我的思緒也跟著混亂一片。

「今夕。」我哀求地喚著他。他總是會對我心軟，但今天不同。

「媽，我不是龐世傑。」阿夕一字字地咬牙說著。「妳會被那種人玩弄，妳自己也要檢討！」

阿夕果然很了解我，我只會把過去的不快蓋起來，不看不聽，而他卻始終記著當時的我有多愚昧。

我不是看上龐世傑的家財萬貫，也不是他的年輕俊朗，「我是眞的眞的很愛他」這種話，年華老去的林之萍，再也說不出口。

「呀，說得好，媽媽是大笨蛋。」我僵硬地拍著手，陪著小丑似的笑臉。「不過你如果看到像我一樣的笨蛋女孩子，不要欺負她們，好不好？」

阿夕跨步向前，低身把我壓進他的懷中，我什麼也感覺不到，只有一片黑。

□

受到重大挫折，我對心電感應的狂熱降到常溫。

阿夕一早就出門了，把我和小七丟下。他一鬧彆扭就罷工不煮飯，害得早飯又是煎蛋吐司。

「大姊，妳又做了什麼對不起大哥的事？」

一言難盡，我只能努力爲他倒豆漿。

「對不起，兔兔，又拖累你了。」

「我最近心神不寧，家裡九成九又要出事，妳千萬別去招惹怪事回來。」

「嗚嗚！」我點頭。和阿夕吵架好難過，難過就要抱兔子。

阿夕房間的門板突然被推開，走出睏倦的熊寶貝。小熊到處走動卻找不著阿夕的身影，變得焦急不安。

「熊仔，今天跟我去學校，蘇老師和九姝妹子會陪你玩。」小七肩負起代理小爹的責任。熊寶貝黏上兔子，絨毛不再發抖。「大姊，我想想，還是不要放妳一個人比較好。」

我還在擔心又要面對人擠人的公車，小七就拉著我，輕輕一躍，眨眼間，我降落在公司大樓的逃生梯內。

「大姊，那我和熊仔去上學了。」

我笑著揮別兩個可愛的孩子，手腕的金鍊子跟著晃動。小七眞是身爲通心大師的我的心靈綠洲。

「林之萍。」後頭響起王大人氣喘吁吁的聲音。

「哎呀，王董？」

剛才瞬間傳送的景象被老王抓包了，我立刻陪了個俏皮的笑臉。

「下次別這樣，會惹來不必要的麻煩。」

「雖然想答應你，但下次那孩子想為我做任何事，我還是不會拒絕他。」

老王擦去了額頭上的汗珠。他自從年輕時和龐世傑鬧翻，就再也沒穿過汗衫和涼鞋，身上總是三層體面的西服，坐著不動都快熱死了，更何況爬十四層樓梯？我覺得他怪怪的，但暫時推敲不出來。

「妳太寵小孩了，小心那隻白的變得像那個妖孽一樣黑。」

「志偉，你該不會在減肥吧？」我輕拍下掌，老王的肉頰頓時漲成豬肝紅。

猜中了呢！

「我是為了健康著想。」

「唷呵、唷呵，怎麼突然想變瘦？」我過去繞著他轉，他嫌我煩，把我揮斥開來。

「林之萍，妳最近小心點，老太婆又想了法子要對付妳。」

林小萍聽了，立刻乖乖的，不敢亂吭一聲。

「妳以前和草包交往，有沒有把柄落在她手上？」

「有，很多。」我低著頭，等老王來罵我。

「老大說妳最擅長應付的是人，我看妳最無法收拾的也是人。妳遇到喜歡的，就一頭栽進去，沒想過後果。妳當初要是有保留一些，就不會被那個白癡傷得那麼重。」

「唔，昨天阿夕也唸過我。」我會反省。

「他罵妳？」老王突然大叫。我勸他為了心血管好，還是別太激動。「全世界就他最沒有資格說妳！老太婆多半是為了他這麼一個刺眼的拖油瓶才不讓妳進門的。他除了腦袋比較好之外，根本就是龐世傑的翻版！」

「你也覺得今夕長得有像龐二世呀？」我倒是覺得除了長相和自我中心這兩點，阿夕和龐草包還是天差地遠的。

「看了就討厭！」老王和阿夕不對盤，也有一些遷怒的成份在。

「真是的，當爸爸的人還和小孩子計較。」我呵呵兩聲，隨即被老王狠瞪一眼，只好靜悄悄地閉嘴。

「我下午要和總經理老大去分部開會，公司妳好好顧著，不准早退。」

「是的，長官！」

忙了整個早上，我一吃飽飯，就趴在辦公桌上呼呼大睡，補足前兩晚的失眠。睡夢中依稀感到有人搖我肩膀，我順勢「偷看」他瘦身的原因。老王叫不醒我，只把外套披到我背上，然後安靜地離開。

他碰我的時候，我其實已經醒了七、八分，卻一直裝死到午休時間結束才起來，面對一室空盪。小七老早就提醒過我，明白人家真正的心意未必有好的影響，可是我哪想得到老王減肥是爲了「結婚」。

我坐上他的大位，用偷看到的密碼打開左下角第二個抽屜，拿出上次被我翻弄出來的黑絨布盒。

春節時，老王和總經理老大到日本出差，買了這組對戒。老大跟他說：「小萍也快四十了，再晚一點，她覺得自己沒了身價，或許就不會再對任何人上心了。」

我撫摸戒指上的兩顆心，問自己今年要繼續裝死下去嗎？

那時，總經理又向老王提了個大哉問，白爛但一語中的。

「小王，你喜歡小萍嗎？」

老王說話了，我從來沒想過人能把表白說得如此哀傷，感情對他來說，就是這麼痛苦的事。

「我從認識她以來，一直都喜歡著她。」

可是，志偉呀，林之萍其實不是個好女人。我從來不敢坦然面對所謂的男女之情，那些淫亂的、不堪言說的下流事，我都沾過邊，所以董事長罵我不要臉，我才不敢回嘴。

可是呀，那個人在她失意時給她扶持，默默照顧她一家大小，小孩讀國中時要去外地比賽，還開車接送；儘管他和阿夕相看兩相厭，但阿夕高中畢業典禮時，他甚至匿名送了花過去。

加加乘乘下來，林之萍以身相許都不夠還。

我沒有力氣再作亂，乖乖聽話顧公司，沒有用專線去騷擾屬下，也沒有號召眾人來開碟仙大會。下午茶時間，公關陳妹妹看我無精打采地做著正事，還剝了中秋柚子，然後用她的蔥指一瓣一瓣地餵我。

「之萍姊，可以跟妳打聽公司繼承人的事嗎？」

我挑起她的下頷，問她要不要用身體來抵，結果被施以粉紅直拳。虧我還是教她處理職場性騷擾的師父，竟然報應到自己身上。

雖然她揍了我一拳，但心裡還是挺尊敬我的，她認爲大智若愚、世外高人，就是像我這般的人物。

我擦乾淨噴出來的柚子和口水，在陳妹妹氣噗噗的瞪視下端正坐好。我搔搔頭，知道手下們只要一聽到風聲，總會想要揣度高層的意思。

「十年內不會有大變動，除非總經理縱慾過度，死在床上。」

「之萍姊！」

我很無辜，我不是在開黃腔，我是認眞的。

「大家都知道做事的是包公志偉，但龐世傑畢竟是他的親生兒子，要不是太廢，他們兩個也不會僵持到現在。」

「之萍姊，那妳呢？」陳妹妹按著我的手背。她想得很單純，要是我稱王的話，就不會有壞男人敢欺負她了，男人總覺得漂亮女人吃虧一下是應該的。

「茱萸妹妹，我和他們的差別在哪裡？」

「妳是女人？」

我揮揮食指說：「不不，我最不一樣的地方在——我有小孩要養。抱歉啦！」

「可是妳不爬上去，那些人會說妳是靠身體，仰人鼻息。」

「妹妹呀妹妹，嘴長到別人身上，妳怎麼能冀望別人說出妳想要的仁義禮智？謠言和流言無法止息，我們能做的也只有把中秋禮盒的柚子吃完而已。」

陳妹妹沮喪地再剝一瓣給我，說：「之萍姊，可是我還是不甘心。」

打從我認識她以來，她的腦筋就是一條直線，即使過了好些年，也沒辦法圓滑地打成可愛的蝴蝶結。

「妳只是願意妥協而已。總經理和王祕書出國的時候，妳一個人就能把公司打理好，商業經營講究斡旋而不是專才，總經理也說過王祕書是十年一見的人才，而妳是百年難得的將才。」

「等等，老大什麼時候噹我這句？」

「總經理不是噹妳，是誇獎妳。」

「妹妹呀妹妹，人心險惡，姊姊拜託妳，快快告訴我，救人一命啊！」

陳妹妹特別擅長記憶人們說過的話，鮮少出錯，也不會加油添醋。她說那是日前總經理帶少董巡視的時候，雖然說話的對象是龐世傑，但他們這些屬下都聽得見。

我長吁一聲。老大，你不想把位子傳給忠心耿耿的老王，也不必把我拖下水吧？

「之萍姊？」

「好妹妹，記住姊姊今天這句話：『讚美比毀謗更可怕。』」

五點一到，我打開門，把公司裡的年輕人全部趕走，其中小李（庶務）、小張（人事）、小吳（會計）三隻蒼蠅，在正緊張地收拾東西的陳妹妹身邊轉來轉去，讓她動作更不自在。

「之萍姊，妳晚上有沒有空？」陳妹妹提著包包，急忙趕到我身邊。我轉頭看到三個年輕人僵化的臉。誰教你們要拖拖拉拉。

我放眼色過去給他們三個：求我。

他們雙手合十：求求妳！

「沒空耶！」我把遺憾的陳妹妹轉了半圈，讓她看看三個搖尾巴的男性同胞。「他們看起來閒死了，妳就好心陪他們吃個飯吧！」

陳妹妹露出哀求的眼色，她剛出社會時被欺負得太慘，變得有點怕男人。

我過去搭住李張吳三人的肩，告訴他們，那是我拜把妹子，看她一直畫地自限也不是辦法，學著交朋友總是好的，但如果她少一根毛、掉一滴淚的話……

「我們願意剁雞雞。」他們壯士斷腕般地說道。

很好很好，不愧是林之萍調教出來的小弟。

「哈哈哈，年輕人，好好玩啊！」我拍拍手，拱著陳妹妹出去。

他們三個年輕人，一個只是單純想交個漂亮的異性朋友，一個有好感，一個很喜歡，端看陳妹妹怎麼選了。

只是我和大廈守衛道別的時候，還揮之不去心頭的疑惑，似乎忘了件重要的真相，而且像撒了個大謊似地心裡隱隱不安，但記得自己和陳妹妹說話時，可是一顆真心剖到底。

還是說，我連自己的心也能騙過去？

我決定散步回家，不去擠沙丁魚公車，這樣就能暫時保持自己的思緒，別讓阿貓阿狗來打擾。

怎麼才過幾天，連心鍊子就變得這麼不好玩？阿夕、老王、陳妹妹的期盼，都讓我想龜縮在自己的老殼裡，唯一的收穫只有可愛的小兔子。

我問他喜不喜歡媽媽，他嘴上說著討厭，可是心裡卻答好喜歡，我特愛小七心口不一的可愛模樣，配上他略微噘起的唇。

好，除了玩弄兔子以外，我得開始謹慎地對待身邊的人。

「小姐，不好意思，有事請妳幫忙一下。」

我轉頭。路上的人除了我，所有人都加快腳步離去。那是兩個穿著高中制服的男孩子，正討好般地笑著，沒什麼大問題，就是臉早熟了點，超過十八歲了。

「是要賣愛心筆，還是自製的工廠批發鑰匙圈？」禮尚往來，我也和善地笑了下。

「不是的，我們想請妳來看我們的樂團表演。」

年輕肉體的樂團演出，總讓我想起阿夕那場畢業演唱會，這對林大嬸而言，相當有吸引力。但是他們一拉我的手，我便知道事情一點也不單純。

他們只是兩個超齡的樁腳，投我所好，要騙我入局。董事長握有的把柄年代久遠，足夠讓一個沒節操的婊子立好牌坊、養大兒子，說服力不夠，所以她的姪女給她出了個這麼拙劣的主意。

「阿姨是個被傷透心的老女人，你們把錢退回去，放過我吧？」

我軟性地求著，兩人有了一絲動搖，但隨即被無謂的心態取代——受傷是我家的事，與他們何關？

他們各抓我一隻手臂，一人掩護，一人用刀抵住我的側腰，要我聽話配合。

我故意顯露出幾絲慌亂，他們卻更高興了，該不會沒聽過「憐香惜玉」四個字吧？也可能那是三十歲以下的女性才能使用的招術。

這時，有台十分眼熟的銀白色轎車停在路邊，挾持我的少年犯向駕駛吼了聲「看啥小」，惡氣十足。明明是同一句話，怎麼從我小兒子口中說出來卻充滿喜感？尤其是我趴在他屁股後的時候。

黑色車窗搖下，伸出一支手槍與墨鏡酷哥。

我開心地揮手打招呼，唐二的眼神擋在墨鏡後，但九成九是賞我兩顆白眼。

「別動，不然就開槍。」

挾持我的年輕人不信邪，以爲唐二是充氣出來的黑社會，執意要捉我去領賞，然後「咻」的一聲，子彈嵌進我們身後的路燈桿裡。

兩個少年仔終於了解到賺錢誠可貴，生命價更高，鬆開大嬸，全力以赴地往後跑。我回頭，唐二還往槍口吹了口氣。

「二二，你眞是我的英雄！」我十指交扣，大腿併攏，扭兩下屁屁，展現出最極致的少女崇拜。

「只是順便。」他挪了下墨鏡。「還有，我不是二二。」

我露出大受打擊的嘴臉，不時拍打自己的胸口。憑我們倆的交情，我怎麼會只是小二哥路上順便從獵人網子裡救出來的中年婦女呢？

我和他僵持了好一會兒，在街上不停地比手畫腳，他才在人們注目的壓力下，說出正確答案。

唐二不甘心地喚著：「之萍。」

他因爲不想吃虧而略去「姊姊」兩字，反倒更拉近彼此距離，讓林大嬸心花怒放，過去趴在狗狗車的窗框上，笑著和他道謝。

他說小糖果今天比較晚放學，他來接妹妹，卻不期然碰見某個熟悉的身影在人行道上踩著奇怪的舞步，尾隨了一陣子，沒想到我就被壞人給纏上了。

「討厭，你幹嘛跟蹤我？」我嬌嗔一聲。好不噁心。唐二回了我一聲「囉嗦」。「下次遇到人家，記得要立刻打招呼吶，林阿萍一定會飛奔到你面前。」

他抬起墨鏡，直立的眼眸盯著我瞧。

「我不是因爲是妳才跟著妳，妳身上有不尋常的東西，我『看』得出來。」

我反射性地去遮手鍊，他的目光卻如迅雷般地掃視到我的手腕。

「上車。」唐二凝重地說。

我不禁正色。林之萍豈是隨隨便便的女人？我捂著嘴，呵呵笑了兩聲，預備拔腿逃跑。

唐二卻走下車，低身開了後車門，擊中我那名叫「虛榮心」的死穴。

於是，我自願被狗狗車捕捉進去。

等我在車子後座盡情地滾過一遍之後，等著紅燈的唐二，開啓了正題。

「妳怎麼會有『連心鎖』？」

「你弄錯了，這只是一條地攤買來的手鍊。」

唐二沒有被我唬弄過去。

「我見過，妳唬爛不了。連心鎖原本是天上的神器之一，後來大妖爲了表示對天界的忠誠，願戴連心鎖臣服聖上。之後那些劣根未除的妖怪，受冥界蠱惑，自相殘殺，東西輾轉流落到異世去。妳又是怎麼拿到的？和白仙有關？」

人要急中生智，才能不被抓包老母偷看兒子的情書。

「不不不，跟小七一點關係也沒有。」看來我拿到一件很要不得的寶貝，而且它的眞實功用和我所想的大大不同。這漂亮的小東西，竟然是奴隸的手銬。「有沒有解開的法子？這樣我想用它的時候再戴上去就好了。」

「解不開？」唐二眉頭一皺。這一皺，讓我就覺得大事不妙。「妳戴上時，有沒有齋戒其身？」

沒有，才剛吃完大魚大肉。

「有沒有妄動慾念？」

有的，而且相當強大。

「妳沒有救了。」唐二問了兩句，便給我下了結論。「以前沒有這種案例，妳又是人類，神祇的方法不管用。妳大概會一直戴著，被人心的黑暗所折磨，再也不相信任何人，直到精神崩潰。」

我可憐兮兮地抬眼看他：「二二，救我——」

唐二覺得我活該，但他也不能眞的拋下我不管。

「妳剛才碰過我就知道，我們和人的思緒差別甚大，慾望少而單純，比較不會影響妳的情感。」

「讓我再試一下。」我作勢要跳到前座撲倒他，他空出右手，用力按住我的額頭。

「妳是眞的想解開，還是樂在其中！」

「我玩膩了。」我低頭懺悔，請唐二不要計較我的白目。

「連心鎖會讓妳的心思漸漸與他人同頻，妳要盡量避開人。另外，它還有一個相當大的風險，卻被後世拿去誤用爲百年好合的賀禮。如要不受影響，就得釐清什麼是自己所想、所要的。」

我點頭如搗蒜，感謝小二哥的提點。

「對了，小糖果有沒有提到她和小七的進展？」

唐二不想談這個話題，但我一張開雙臂要抱他，他就氣得開口。

「竟然一起吃便當，九妹還餵了那個臭小子！」

暑假過後，兩個孩子的感情急速加溫，如此甚好、甚好。小糖果還提議要和小七義結金蘭，她如常叫他名字，但要小七喚她「妹子」。我不知道小糖果知不知道——我想八成知道——在小七那個時代，「妹子」也有妻子的意思。

也就是說，小七以為自己在當乾哥的時候，人家已經把他看作老公。

小糖果目前最大的勁敵是林今夕，阿夕藉著大哥的名義，搶走了小七臉頰親親的初體驗。小糖果要如何扳回一城，敬請期待。

「妳……」

「別這麼見外，叫我之萍或萍萍仙子。」

「和妳相處不用通心。」唐二給了我極高的評價。「光是看妳的臉，就知道妳又在想沒營養的事。」

辦公室的屬下們總是羨慕我能釣到男人中的極品，殊不知這些「極品」都生了一種不吐嘈我會死的惡疾。

小糖果班上有活動，六點半才要唐二接送。他不想待在唐家，而我很榮幸地陪他在街上亂晃。他說了天上事，而我教他怎麼把妹。

「白仙在上界很不討喜，我們已經看清人們骨子裡帶著的惡意和貪婪，他卻總說要守著人世，到現在還是記不起教訓。」

「二二，我冒昧問一句，你們天上大仙是想要小七，還是不想要小七？」排擠他又不讓出兔子飼養權，有沒有這麼黑心的單位啊？

唐二好相處的一點便是，他要嘛守口如瓶悶死自己，要嘛一定說實話。聽說人間有許多美德都是向天上看齊的，而神明們並非必須遵守所謂的「道德」，祂們覺得該是如此，就會一直保持下去。

他叫狗狗車升起車窗，神情凝重。

「我們主上病了很久，需要一個能撐起天上世界的繼位者。三百多年前，鬼王也要過白仙。我們不認同他，但他確實有能力維持住三界快要崩毀的平衡。這三百年來，人間災禍不斷，陰間連帶受難，天上卻因有他鎮守，桃花依舊盛開。」

也就是說，今天拿神器大刀的不是小白兔，而是大黃阿花，對神明們根本沒有差別，但專情的林大嬸唯一要的，只有倔強又體貼他人的小七兔子。

我也一廂情願地以為小七最想留在媽媽身邊，誰教那張嘴閉得死緊，大家都不知道他有多喜歡兔子老母。

當唐二抵達小七學校，正好遇上兩隻小可愛搭著一名好青年教師走向大門。小糖果一看到唐二，立刻笑著跑來。我實在忍受不住，蹦出車外去給她抱個滿懷。

「林媽媽，妳怎麼來了？」九姝反手環住我的腰，笑得好甜。

我聽得眞順耳，只是那個「林」字有點多餘。

「來看妳呀，我的媳婦兒。」

小糖果和家人不親，卻很愛撒嬌，她心裡想，要是我每天都能像抱小七那樣抱著她，該有多好？

通心到這裡，我又不禁把她攬緊一些。

「之萍小姐。」

「嗨，小晶晶。」我沒放開小糖果，直接和蘇老師打上照面。

唐二見到蘇老師，稍微挪高墨鏡，似乎想確定內容物和軀殼有何差別。

我向蘇老師伸出友善的手，他笑容可掬地伸手反握。我聽見了兩個聲音，感覺他裡面有兩個活動的意識，但並不是完全分開——

「我已經知道妳能讀心的事。」

「哎呀呀，不愧是蘇老師。」

「那天在神壇上沒能阻止妳犯傻，是我照護不周。」

「哎呀呀，原來是鄭王爺。」

「大姊，妳握那麼久幹嘛？不要吃蘇老師豆腐。」小七老遠就發現我，忍到現在才跟媽媽說話，而他手上的熊寶貝，卻早就迫不及待地要和媽媽飛高高。

我正要反駁兔子，蘇老師卻在我心裡開口。「妳能否和明朝暫時保持距離？」

我驚恐地張大口。這個要求等於掐斷兔子老母的生路，太殘忍了。

「我怕妳知道太多，會變得像我這樣，弄不清楚該怎麼待他。」

「不會的，說到養兔子，沒有人比我更加專業！」

我抬頭，環視眾人，包括熊寶貝、有外人在而有些害臊的小七、可愛的小糖果、冷峻男主角唐二，以及中年婦女殺手蘇老師。這種場合，我只能端出一句老話：

「來，去吃飯，我請客！」

蘇老師看了下唐二，打算微笑回絕。

「志偉到熱情的南方去了，今晚不會回來喔！」我搶先一步提醒他，這表示生活白癡蘇老師今晚的晚飯沒有著落了。

蘇老師露出困擾的神情，但口中的「不」還是沒有收回去。

他故意不讓我碰他，我只能從他緊握拐杖的手猜測緣由。老王說過，蘇老師自從腿傷之後，就不太去公眾場所，以爲自己光是存在就給人添麻煩。

「小七，蘇老師好像不喜歡媽媽，媽媽只想請老師吃頓飯，你跟他說啦！」

蘇老師沒想到我會出賤招，當小七朝他發出期盼的小動物眼神時，他根本沒辦法拒絕他從小疼到大的兔子。

「那就麻煩之萍小姐了。」蘇老師有些無奈地笑了。

我們一大兩小舉手歡呼。唐二只跟我問了餐廳位置，小糖果去他就去。於是五人坐上狗狗車，浩浩蕩蕩地一起去大吃一頓。

我選了公司同事最愛來聚餐的露天餐廳。我們三大兩小圍著圓桌，叫菜毫不手軟。我的右手邊坐小七，左邊坐小糖果，小七過去是蘇老師，小糖果旁是唐二。他們兩個醒目得很，路人和客人都頻頻看向這桌，而我左擁美少女，右抱小男生，酒池肉林，樂不思蜀。

酒精飲料上來之後，不知不覺，變成我右手攬著蘇老師，左手抱著唐二的腰，小七在我對面說了什麼，我實在沒聽清楚，只叫他和小糖果好好玩。蘇老師在我頸邊嗤嗤笑著，而唐二始終一板一眼，不碰杯中物，但我吻了他冰塊臉一記，他也順勢回禮一記，換得小糖果激動尖叫。

「之萍小姐，我也要……」蘇老師把重量壓過來，好看的唇瓣一張一闔。

「美人，我怎麼捨得冷落你？」我勾起蘇晶下頷，喜歡他忘卻憂傷的模樣。

「大姊！」

「我和阿偉學長一起娶妳，好不好？」

原來喝醉的人說的，真的是心底話，至少蘇老師是如此；他口中的話語和心聲重合在一塊，迴響也就特別大，讓我好生心動。

「蘇老師！」疑似有兔子尖叫。

蘇老師依舊恍惚，說道：「我不用妳心裡多大的位子，只要能抱抱妳就好……」

他撒嬌似地挨在我的肩上，唇角笑著，可是心裡卻寂寞得快要哭出來。

「小晶，你需要的話，隨時都能抱我。」我不是客套話，雖然總是老不正經。這世上，沒有誰沒有資格愛人，人生如萍，不好好把握當下的際遇，大方說出喜愛，很可能一轉眼，已成雲煙。

筵席過後，唐二送我們回家休息。小七揹了蘇老師回老王家的高級公寓，又接著把他老母扛回舊房子。從巷口到家裡的這段路，我聽他低聲咒罵碎唸，嫌棄我酒味好重。藉酒意調戲完美男的我，只能討饒般地環緊他的胸口。

好久沒像今晚這麼盡興了，林之萍果然適合糜爛的生活啊！

「大姊，今夕哥……」

一說到大兒子，我突然一個激靈，酒醒了三分。原來小七一直想提醒我的事，就是阿夕的禁遊令。

我們回到家，燈是亮的。從玄關進去時，戰戰兢兢地不敢說話。望向餐桌，是阿夕拌醬菜配飯的背影。

「你們還記得回來？」

林今夕轉過頭。我絕不能說兒子的俊臉像深閨怨婦。

「大哥。」小七歉疚地喚著。

「你閉嘴，去洗澡。」

「那我也……」

「媽，過來。」

脫逃失敗，我縮著手腳坐到他身邊。小七看了看我們，哄熊寶貝進房後，也乖巧地和我們待在餐桌上。

「枉費葉子他們替妳打抱不平。」阿夕冷冷地盯著我。我嘴上的唇膏全掉了，物證確鑿，死罪難逃。

「咦，素心他們怎麼了？」

「他們全造反了。」

好奇心戰勝兒子的怒火，我去拉今夕的手指示好，順道偷看他所回想的畫面。

似乎是母子吵架的事被學生會眾人察覺，小草第一個站出來爲我說話。

小草大吼：「陛下，是誰拉拔你成人？不是世上所有母親都像她這般，我多麼希望她是我媽媽，你爲什麼不好好珍惜！」

接下來鴿子不要命的指責，眞是令林阿姨動容：

「林今夕，是你隱瞞在先，還敢對她說重話。說不好聽一些，她根本沒必要對你負責。她會遷就你，不是因爲生來是你的奴僕，而是疼你入骨，你懂不懂！」

香菇出聲勸解，但不是眞心要替今夕說話。

「陛下，我一直反對您的感情，並不是她配不上您，而是您只會傷害她。」

我握緊阿夕的手，他心情不好，偏偏那些摯友炮口一致地朝向他，對我維護有加，眞不知道該說我做人成功，還是阿夕做人失敗。

「我以後不去見龐心綺，妳也不准和其他男人出門！」

以前的我，一定會再三應好，敷衍阿夕，但現在家裡多了一個小男生，不能讓林家牧場經營瑕疵延續到第二代身上。

「今夕，媽媽即使不願意承認，但我們都是成年人了，有生理需求也是難免，你又出落成一枚挺拔的大帥哥，外界的誘惑比別人多上許多，和人交往要特別小心謹慎。這種話好像父親來說比較好，可是我們剛好沒有，我也不是你的親生媽咪……嘿嘿，我想，我眞的怕你變成大爛人。雖然私生活不代表一個人的全部，但放任糜爛一定會影響到身心，像我年輕的時候和龐世傑去參加聚會……」

我結結巴巴地說著，再正經的事從我嘴裡說來，就帶著笑話的意味。

「媽，我沒有和龐心綺上床。」阿夕的眼神很冷。

可是你們都脫啦……

「妳爲什麼會想到那裡去？在妳心中，我不是和小七一樣嗎？」阿夕把眸子瞇成一條漂亮而危險的細縫，想從我身上看出什麼蹊蹺。

「呃，當然一樣，都是我的寶貝兒子嘛！」糟糕，必須快點轉移目標才行。

「什麼意思？我怎麼聽不懂？」小七因爲提到他的名字，而睜大兩分明眸。

「你是媽媽的純潔兔呀！」我抱了下小七的腦袋，被他嫌臭咪摸。「小七，如果你有天睡覺醒來，發現自己轉大人，都可以和阿夕商量喔！」

「我算一算也有三百多歲，妳不要把我當成普通的小孩子。」小七半撐著臉，鄙夷地給了我一顆眼白。

可是，兔子三百年來都待在天上的小花園裡，眞正明白過紅塵事嗎？

「小七，不要管她，過來大哥這裡。」

小七看來想過去和阿夕窩在一塊，形成男孩聯盟，但沉思一會後，還是留在我身邊。

「大哥，我也覺得亂來不好，以前的人主張節慾，自有它的道理在，不能爲了……發洩慾望而傷害對方。」

原來，兔子多少明白我和阿夕沒頭沒尾的對話，他說這段話的時候有些抖音，我還以爲是他古板害羞，摸了下他低垂的臉，然而，卻不是我想的那回事。

我認得出來那是第一次遇見他的小廟，新漆不久，鄭王爺金光閃閃的神像被供在高堂上，廟裡點著最好的檀香，香味中挾雜著低劣酒氣。猥褻的男人搖搖晃晃地走進廟宇。

阿狗，出來！

壇上累得昏睡的孩子被嚇醒，直覺地往廟外奔逃，卻被酒醉的男子的一聲號令，給定在這間金碧輝煌的牢籠裡。他撫摸那張蒼白得沒有血色的臉蛋，由衷稱讚他純粹的美，並且急切地扒開孩子的衣物。

我鬆開手，怔怔地看著小七，腦海中的酷刑還沒有停止，繼續瘋狂地進行下去，鉅細靡遺。那個禽獸對他幹的歹事，我全都知道了，卻無力阻止。

噁心感湧了上來。我霍然起身，拔腿衝到廁所，扶著馬桶蓋，把晚上吃的喝的全吐出來，難過得直掉淚。

「大姊，妳怎麼了？」小七來到我背後，好擔心我，想要藉由觸摸緩解我的不適，我卻對他淩厲大吼：

「不要碰我！」

那是他想對壞廟公說的話，卻從我口中喊出來，我這樣子簡直是他生母當年的翻版。

「媽，妳發什麼神經？」阿夕也趕過來，看到我兒小七，一副不敢置信的樣子。「弟，沒關係，她只是喝太多，酒精上腦，你先去休息。」

小七呆立著，好一會兒才挪動腳步，瞬間消失在我的視線裡。

阿夕扶起我，把搖搖晃晃的我放進浴缸裡，轉開了溫水，大概想要連我的套裝一起洗乾淨。

「妳和小七關係破裂，應該就能和蘇老師劃清界線了吧？」

通心的衝擊還沒有完全退下，可是阿夕的這番話卻讓我急得擠出聲音。

「沒有不要兔子……小七是我的……寶貝……」

阿夕挑開我的淚珠，擱在指尖舔了舔。

「媽，妳就是好奇心這點不好，敢偷看我的信嘛，我看妳怎麼收拾殘局。」

□

隔天，老王回到辦公室，朝我大喝一聲。

「林之萍，妳又哪裡吃錯藥了！」

我只是睡不好，穿錯高中制服來上班，有必要這麼驚恐嗎？

早上起床，滿懷期待地要跟小七和好，沒想到他連早餐也沒吃，就跑到學校去，阿夕也對我愛理不理。甚至我搭公車的時候，全車的人都遠離我三步的距離。

「妳穿成這樣，還敢怪別人當妳是神經病？」

我拉了拉領子上的蝴蝶結，好不沮喪。

「胖哥，這次我踢到了大鐵板。」

「活該。」老王還沒聽我訴苦，當下做出判斷。

「呦嗚！」我光是想起昨晚的事，就忍不住紅了眼眶。「我害小七傷心了，阿夕也好生氣，我這個壞老母、失敗的老母！」

「到底發生什麼事？」

「我不能說。」這就是我最痛苦的地方，連吐苦水都沒辦法，因爲老王要是知道我偷看他情感澎湃的內心，會第一個宰了我。

老王不想理我，努力工作起來，我也比平常專心一點點在公事上。過了一會兒，老王卻一反原則，率先打破一室死寂。

「林之萍，老太婆要在董事會上播放妳和龐草包的私密影片，要以妳私生活雜亂的理由開除妳。」

我有震驚一下，但想起小七，這件事又變得毫無輕重。

「董事會十個人有六個認識我，知道我是公司的中流砥柱，她不會成功的。」

「但是妳的名聲會一場糊塗。」

「二十八歲的林之萍都不在意了，更何況是三十九歲的老之萍。」我無所謂，只要兔子願意再撲進我的懷抱。「我和你不同，我只有表面上的本領，能爬到今天的位子，只是剛好和上司下屬配合得好，到別家公司可就沒這個運氣了。」

我繼續工作，老王卻叫我停手。

「妳在想什麼？」老王猜不出來就會當面問，他的直率實在令人欣賞。

「我很難過嘛，難過的時候碰上老太婆找碴，會特別力不從心。我不是不會，但真的很厭煩爭鬥，幫老大為惡了十多年，公司起來了，我也累了。」

夏天過後，我總是會興起和兔子手牽手到深山修行的念頭，反正有小玄子和羅師父提供三餐。外有供飯，內有兔子玩，為什麼我非得捨棄這般神仙似的生活，踩進工商社會汲汲營營的泥沼之中？

「當初是總經理幫妳還清債務，這是妳欠他的。」老王使出必殺技，我碰地一聲，腦袋不支地倒在桌上。

所以說，人情真是他媽的麻煩的東西。

「林之萍，妳的意思是要丟下我？」

我挪了下頭，直望著問話卻仍盯緊電腦的老王。

「志偉，我會在這，不就是因爲捨不得你嗎？」

「謊言連篇。」

我苦笑，王胖子喜歡林民婦，卻始終不相信我。

曾經飛往國外發展的好友，也說我沒心沒肺，給認識四年的她送機還笑得出來。爺說，人生要豁達才能活得自在，我的表現卻常讓人曲解成不在意。我也很希望有個誰能永遠伴在身邊，但人家說我沒那個命，我夜半想想，也就認了。

唯有一個，因爲太笨了讓人放不下心，我怎麼想都覺得，還是把他圈在身旁照顧比較妥當。

可是我口口聲聲說要保護他，卻害他幾乎要哭了出來。

「兔子……」

老王動身過來巴我的頭，我還是繼續哭么給他看。

「反正妳心裡只有小孩就對了！」

我無法否認，學電視廣告逐字唸出：「兔子老母誠徵愛小孩的好男人，我的寶貝們很沒有安全感，那個人一定要比自己還愛他們。」

老王直說我沒救了，這個條件比上次那個鬼王還嚴苛，世上沒人符合得了。

「先前寄情殺書給妳大兒子的女學生，昨天傍晚埋伏在學校停車場，因爲行蹤鬼祟，被巡邏的保全盤問，她立刻逃走，掉了一罐加藥的青草茶。」

不愧是跟蹤狂學妹，知道阿夕喜歡古早味的飲料，最好是有點甜又不會太甜，蜂蜜調味又優於果糖。

「妳要小心。」王祕書語重心長地說。

「放心，大家都知道阿夕喜歡小男生。」我有跟老王說過兔子與阿夕的臉頰親親照，王祕書難得讚賞阿夕的作爲，甚至祝福我兩個兒子乾脆手牽手走上那條不歸路，沒人可憐我失去了兔子親親。

「雖然他這記煙霧彈打得好，但他虛僞的孝名，也是眾所皆知的事，難保那個女的不會把主意打到妳身上。」

「安啦！」雖然我昨天才被挾持過。

老王轉了手中的鋼筆兩圈，最後筆尖落到我這邊。他開口，平時的自信似乎減了兩分。

「林之萍，今天下班，我載妳去接阿晶，再送妳回家。」

及時來的溫柔，總不禁讓人熱淚盈眶。

「志偉，要不要順路去看婚紗？」

「學校旁邊好像有一家，口碑還不錯……」

老王戛然止聲，我裝作什麼都沒發生過，埋頭批閱公文，認眞辦公。

他想回頭整理總經理的開會文件，弄了幾下宣告失敗，誰教他整個心思都在我身上。

「妳別鬧了，一點也不有趣。」

包胖子勉強把即將爆發的情緒呑下啤酒肚中，我看著也跟著綳住臉。他要嘛就讓計畫通過、把我的手牽起來，要嘛就去尋找人生第二個春天，這樣不乾不脆、不情不願地過日子，總有一天得憂鬱症。一旦他憂鬱起來，我能不管他嗎？

「老王，牽牽。」我遞出手，他無力地賞我記白眼。「別浪費時間吐嘈我，牽牽！」

「無聊。」

「你手再不過來，我就要約龐世傑吃晚飯了！」

「我才不會再上妳的當。」他回絕了我，頓時我的小心肝陷入冷凍庫。「但是妳也不准和那個草包去吃飯！不准去！」

「你這個彆扭的死胖子，我家兩隻彆扭寶貝就夠我頭大了，爲什麼我身邊的男人都那麼彆扭！是因爲老天看不慣我的直率嗎！」我憤然起身，把兔子坐墊砸到他身上。

「光明正大說自己喜歡小男生的屁股，叫變態，不是直率！」他把兔子坐墊砸回我臉上，我聞見了獨屬於自己屁屁的臭味。

「爲什麼人活在世上，不能保留兩三個喜好？一定要迎合社會潮流嗎？」我感到自己不被了解，非常悲傷。

「妳那個喜好已經可以報警處理了！」

我深吸口氣，說：「那麼，除了偏愛小男生以外，你還不滿意林之萍哪一點？說清楚啊！還是你連我偶發的神經病也很喜歡！」

他坐了下來，撿起地上被波及的檔案，又迴避我的目光。

「妳很花心。」

「我年紀也大了，我會改。」我挺直腰站著。這種時候，氣勢絕不能輸。「還有呢？」

「我沒妳想像的那麼好。」

我一直認爲，胖胖和萍萍認識十多年了，幾乎可以互換銀行存摺，他應該對林之萍熟到爛掉才對。

「志偉，是你把林之萍這個人想得太高尚，我不是你心目中的小仙女，而是一個嫁不出去的老太婆。喜歡自家兒子喜歡得有些踰矩，天生反骨，不太喜歡世俗的枷鎖，普通男人受不了我的。」

「我就受得了妳嗎？多少次想掐斷妳的脖子！」

「哈哈哈，那爲什麼我的頭還在呢？」

他對我的容忍完全是出自一片眞心，其實我不用連心鍊子也知道。

這時，總經理祕書辦公室的門板突然開了半扇，一群看熱鬧的小蜜蜂往前垮下，互相指責誰踩到誰的腳，痛死人了。

「呃……」辦公室的小同事們望向我們，我露出笑臉，而老王看起來比鬼還可怕。

「一二三，大家一起來——親、親、親下去！」

「統統給我滾出去，不然讓你們見不到這個月的薪水袋！」包胖子整個人炸開，嚇得年輕人們作鳥獸散。「混帳，一定要叫人來裝隔音板！」

看胖子氣得鼓鼓的，好有趣喔！

「幹嘛不好意思？不是就那麼一句：『王志偉喜歡林之萍』……哇啊啊，殺人啦！包大人謀殺林民婦啊！」

老王終於忍不住，掐了夢寐以求的林特助脖子，不停地左右搖晃。

連心鍊子隨著我掙扎的雙臂叮鈴作響，老王的那顆心，寧可挖洞埋了我，也不願意承認他有多愛林阿萍，要是他的臉皮和脂肪層一樣厚就好了。

我和他吵吵鬧鬧地到下班，給人看足笑話。他原本還想等人走光了再離開，省得落人話柄，結果我時間一到就吵著要坐車車，鬧得全公司都知道「林之萍最近被歹人纏上，王胖子撂話要保護美人」，讓老王很想宰了我。

反正耍賴到最後，他還是和我並肩走了十四層樓梯，氣喘吁吁地來到停車場。

「林之萍，妳到底怎麼了？」憑老王的英明程度，終究沒被我比反常更反常的行徑給模糊了焦點。

我笑著鑽進寬敞的副駕駛座，把高跟鞋踢掉，伸展腳丫。

原本對身邊的人，不知道可以裝作不知道，但一旦明白了，如果再無視下去，久了就會變成糟蹋感情也無所謂的壞女人。

小七一定不希望他最愛的溫柔老母，其實只是個為自己好的大壞蛋。

「胖子偉，要是你閃電娶了酒店紅牌，我去吃喜宴，就算有很好吃的滷豬腳，也會哭出來吧？」

他挺著肚子擠進車座，還用眼神警告我不准趁機戳他的大肚腩。

「我光是照顧阿晶就抽不開身，哪來的酒店紅牌？」

我看著老王賊笑，他踹我小腿。

有時候覺得曖昧一輩子真是太卑鄙了，就像佔著公司女廁唯一的坐式馬桶，翹腳看報，不給人噓噓；有時候又會想，這樣子沒名沒份的也不錯，我可以盡情玩小孩，他陪總經理上酒店應酬，也不怕別人說閒話。

我還想說點渾話逗他，老王卻突然用力噓了聲，臉色凝重起來。

停車場在地下室，和大樓其他五家公司共用，我們家的庶務小李維修得特別勤奮，從來沒看過半盞照明休工，讓女性同胞們倍感安心。

然而，停車場還算明亮的視野，逐漸暗下，好像燈管也跟著太陽公公一起下山，到最後，整層地下室的亮光只剩老王轎車打出來的車頭燈。

「胖子，總覺得有什麼東西要出來了！」我被這片鬼片的氣氛嚇得皮皮剉。

老王繃緊圓臉，冷靜地打量車子四周的動靜。突然，「吱」地一聲，我這邊的車窗響起刺耳的銳音，讓我不禁反射性地往肉做的安全氣囊抱去，不敢回頭看。

「林之萍，妳的膽子呢！」

「喜歡高空彈跳未必喜歡摔斷腿，而且我的小孩不在嘛！」

老王代我抬頭看向車窗，輕聲倒吸了口氣，可見「那東西」可怕到即便是神人豬公，也會心膽寒。

車窗又響起怪音，這次是手指輕敲玻璃的喀喀聲，然後傳來少女似的撒嬌嗓音：

「今夕，人家來看你了……」

我一聽見兒子的名字，就忍不住想轉頭，卻被老王按在肚子上，雖然這是我夢寐以求的柔軟山豬肚，但我現在比較想處理情殺書事件。

「妳跑錯地方了，要捉交替，就快點去把那個妖孽捉下去！」

老王的喝阻建立在阿夕的人身安危上。不行，隨便把人家的孩子帶下地獄這種事，媽媽我不答應。

然後是熟悉的叮鈴聲，和我的連心鍊子發出的聲響一模一樣。我想，「她」可能看不太清楚，只是循著連心鍊子認定阿夕在車中。

「今夕，我要帶你去世間之外的香巴拉，遠離這紛亂的塵囂！」對方像吟詩一般，嗲聲嗲氣地說出私奔的台詞。

老王輕輕搥了我一拳：「林之萍，不要笑。」

「胖子，香巴拉會有香蕉和芭樂嗎？」不行，我被戳中笑點，再也融不入嚇人的鬼片裡。

「閉嘴！」

好在「她」沒有感受到車中的騷動，繼續吟誦下去。

「自從我得到恩主公的『伽儂想』，成了信徒，人生整個轉變過來，原本要落在龐心綺手上的鍊子，也被我先拿到了。這就是緣分呀，今夕，我們兩個註定要彼此結合，你成爲我，我變成你。」

我伸手去扳老王車裡的後照鏡，把鏡子轉了四十五度，正對副駕駛座車窗，連影子也沒有；但當我勇敢地把眼角餘光瞥過去，卻「見」到附在玻璃上的臉孔——沒有五官的四方大臉，額上和下頷滑稽地貼著花花和小七的照片。

我很快就猜出照片的意義：「她」很想要變成阿夕喜愛的人。

那種輪廓不明的感覺，很像我見過的鬼，可是另一方面又有股扭曲過的奇異感。這時候，包大人解開了民婦的疑惑。

「應該是生魂，也就是活人離體的魂魄。」

老王，其實你是某派的大宗師，密而不顯，就等著被兔子老母收藏回家，對吧？

看著我閃亮起來的眼神，胖子學長只能告訴我，自從小晶學弟入住山豬窩，附近的鬼怪不時會闖進他家，要蘇老師體內另一個人格主持公道，害他被迫對那個世界增廣了見聞。

生魂又對我展開邀請。

「今夕，來嘛，不要抗拒我，我是連心鍊的上一個主人，可以掌控你的身心喔！」

老王憂懼地看向我，但我還是一樣嘻皮笑臉，沒有半點被控制的德性。

可能經過唐二提點，雖然「她」來的時候我似乎受了些衝擊，但還不至於失去意識。或許也因爲我一直很明白自己想要追求的是什麼，所謂人心幽暗的空隙，全被兔子屁股那團蓬鬆柔軟的白圓尾巴給充滿了，不會被在人生道路上迷茫的小女生操控。

「我叫妳滾開，沒聽到嗎！」

老王突然強硬起來。一時間，四周陷入死寂。

胖子罵起人來特兇，常惹得小女生掉淚，也讓負責安慰她們的我，美人一個接一個地抱不完。

轎車猛然大震，窗外爆出兇猛的吼叫，嚎啕不止。

「你兇我，你憑什麼兇我？你自己也不過是又老又醜的肥豬，女人只會愛上你的錢，心裡根本看不起你！」

嗲音不見了，取而代之的是粗啞的破鑼嗓子，淒厲得可怕。我眞覺得是自己披甲上場的時候了，但老王還是緊緊地按住我的背脊。

他反問：「我長得醜，又沒家世，就不該活在世上嗎？」

窗外類似鬼哭的咄咄聲，依稀靜下。

「雖然我覺得妳眞是蠢斃了，爲了那個死小子，把自己弄成這副鬼德性，就以爲可以扭轉人的心意，可笑至極！」老王的嘶吼鎮煞住這片陰冷氛圍。「但是，我年輕時也因爲喜歡的女人不愛我，難過得沒辦法過日子。我那時候還只是個小職員，所有人都在笑我癩蛤蟆想吃天鵝肉，而那個有錢有長相的草包站在她身邊，就是佳偶天成。」

我趴在老王的肚子上，自以爲了解他，但畢竟不是他。他以前可以爲了我一記不經心的早安微笑，就默默地開心上一整天。

老王繼續那像是自言自語般的叨唸。我從他的心裡知道他是想把「她」的注意全引到自己身上。

「我好不甘心，癩蛤蟆又如何？死胖子又如何？我就是喜歡她啊！」

聽到這句注入眞心的告白，我一時間忘了身處危機之中。

他說我拒絕過他，我實在沒什麼印象，只想起曾經有一次，他被龐世傑堵在廁所門口，一群男同事在外邊鼓譟，要他承認對某個女職員有好感。小王胖子繃住臉，整個人被激到像隻熟透的龍蝦。當時我正噓噓完，打斷他們無聊的聚會，龐世傑卻一把摟住我的腰，賊兮兮地笑著，說：「之萍，這個死肥豬喜歡妳耶！」

我看志偉狼狽地抬起低垂的腦袋，第一個念頭是同情，覺得這群男人不厚道，於是擺臉色給龐世傑看。

「我也喜歡志偉呀！」事實證明，我從以前就是顆花心大蘿蔔，所以才會養到小白蘿蔔七。

龐世傑有些掛不住面子，親我的臉又親我的眼角。

「之萍，我知道妳心腸好，但是妳還是會嫁給我，而不是嫁給那種人吧？」

我那時隱隱察覺龐二世的邏輯不太好，不知道他這番話的關聯性在哪裡，卻還是點了頭，畢竟我接受他的求婚是事實。

但我不應該點那下頭，點下去就成了嘲笑胖子陣營的一員，害年輕的胖子崩潰般地推開圍觀的人牆，在人們的笑聲中成了喪家豬。

龐世傑是一回事，而我的作爲傷到他又另一回事。

他喜歡我，所以我的每個言行都會被放大，他沒想到心目中的小仙女，也會棒打落水狗，對他打擊甚深……

我緊緊抱著胖子的圓肚子。被這個胖子冤枉成壞女人，也不給我辯解的機會，整整誤會我十多年。就像我十多年來一直以爲，他早看穿我一點也不適合做人生伴侶，關心我只是出自他不言說的溫柔，我們才能維持小朋友那樣純純的友誼。

現在有了連心鍊子，我才認清人與人之間的鴻溝有多深。

斷斷續續，窗外的「她」像是在回應老王的話，開始說起自己的事，不是從別人身上模仿來的自信和快活，而是眞正的她，聲音偏低而柔和。

「我從剛進大學就認識林今夕，他是我堂弟的同學。他們一群男孩子到我伯伯家練樂團，我見過他不少次，但他沒注意到我。我從來沒見過這麼帥氣的男孩子，古意總說他的陛下有多好，我也忍不住跟著喜歡。」

她偷偷把一張阿夕的近照放進皮夾裡，大三，也就是阿夕大一成了風雲人物時，被交好的同學發現，消息在班上散播開來，弄得眾所皆知。

「他們說，被我喜歡的感覺很噁心。」

她的父母罵她書唸不好，只會丟人現眼。別人家生出來的女兒是小公主，他們卻生出一隻大母豬。

「我被退學，大家都看不起我。只有恩主公還是對我好，和其他人不一樣，讓我明白自己是獨一無二的。教友們都支持我，他們認爲我可以把林今夕帶進這個圈子，成爲同伴，只有我做得到。」

她臉上花花和小七的照片不見了，只剩下阿夕恬靜沉思的近照。這張拍得不錯，連我也想收進皮夾裡。

「其實我知道，我是爲了林今夕重考回來，而不是爲了教團的同伴。我不是因爲相信大仙才學會愛人……」

她摘下阿夕的照片，捧在手心。當她願意正視這個世界時，那些加諸在她身上的咒語，也就無法再迷惑她的視線。

「我就是，喜歡他啊！」

當她哭出來似地大吼一聲，地下室又瞬間明亮如常。老王呼出長息，緊繃的胖軀也放鬆下來，我才有機會掙脫出他的臂膀。

我看向窗外，女孩子不見了，倒是有好幾個投以曖昧目光的熟人，指著我和胖子親密的姿勢竊笑。

老王表明要把那些八卦他的同事撞個稀巴爛，他們才作鳥獸散。轎車駛上地面，天空黃澄一片，像葡萄柚果汁。我跟王祕書說，其實他已經夠資格轉行當法師，剛才竟然以一介凡夫的肺腑之詞，瓦解了靈異事件。

「很多那個年紀的小孩會搞不清楚方向，被營利團體趁虛而入。他們要是明白了，好手好腳的，就會自己走出來。」

有一部分也是因爲胖子眞情流露得太動人，比迷幻藥般的信仰更能眞正撼動「她」封閉起來的眞心。

「更何況那個女的，喜歡妳大兒子喜歡到走火入魔，要是讓她附妳身，那還得了！」

呃，即使對阿夕依然敵意深厚，整體來說，老王還是保護了我。

「之萍仙子愛你喲！」

「哼！」

他從年輕時一心傾慕我，到中年時把我當作一粒鼻屎不屑一顧；林之萍決定鄭重反省做人的道理！

因爲耽誤了不少時間，老王抄近路走第二公墓。第二公墓對我來說，是個特別值得紀念的地方，就是在這裡遇見了倔強的不良兔。而這片屬於陰魂的地盤，在我把小兒子領回家的時候，被怪手刨得乾淨俐落，但是刨完沒兩個月，媒體就報導都更建設有弊案，於是整個工程停擺，廢棄的建築材料和隨意倒棄的垃圾堆滿地，看上去亂糟糟一片；相較之下，有墓碑裝飾還比較好看，說不定能吸引像我這樣浪漫的市民來散步。

不意料，眼角瞄見一條單薄的身影。他怎麼會出現在這裡？我立刻把鞋子穿好，要去一探究竟。

「胖子，婚紗下次，停車！」

老王也看到我看到的那團白毛球，踩了煞車，說：「算了吧，妳哪次說話算話？」

我本來想再花個千萬句來和老王攤牌，但是一切要事都排在小七屁股之後。

小七坐在蓋了一半的破爛鷹架上，臉蛋側過半邊，望著夕陽西下。

我在底下呼喊心中的寶貝兒，換得他映著黃昏的回眸。

「嘿嘿，小兔子，要不要跟大姊姊去摸摸茶啊？」

他看著我，一派沉靜，不像是對待親親老母，而是在世間外俯瞰芸芸眾生。

這樣的七仙，感覺好遠，似乎再怎麼伸長手也摸不著。

「小七，怎麼啦？」沒辦法，他不下來，我只好爬上去找他。

「妳別過來，我想靜一下。」

「可是很晚了呢，跟媽媽一起回家嘛！」

他偏過頭，安靜地思索了一會兒，才跳下來，從半空消失，下一秒已經踩在長不出草皮的水泥地基上。

枉費我兩手張那麼開，目標那麼明顯，他就是不投向我的懷抱。

他逕自往前走去，我判斷他非常心不在焉。

「兔子，怎麼不理媽媽？」我在他身後，半眞半假地寂寞說道。

他慢下腳步，但還是拉開三步之遙，和我一同走回老公寓。

阿夕的心受過傷，心情不好很容易發作，我就會想盡辦法哄他開心；而小七，我眞不知道該怎麼說小兒子，竟然比他哥哥還難搞，有事也不講，只會往心裡放。

我在路上數次想當眾把耍孤僻的小七撲倒在地，可是顧忌到現在關係出現危機，不能像平時那樣爲所欲爲，只好忍痛依他的意思保持距離。

等我回到家，一定要狠狠地抱著他滾上幾圈，來消融我們母子間的隔閡。

他低著頭，鑰匙也沒拿就穿門進屋，也不順便幫媽媽開門，等我進到玄關脫鞋，他已經從房間帶了個和他一樣小巧的包袱出來。

「我走了，謝謝你們的照顧。」七仙向我端正地行了禮。

林之萍午夜夢迴的惡夢成眞，我急得大叫，不管三七二十一，奮不顧身地把小七飛撲在地板上，他的意念又注入我的腦袋，和常人不同，無論好的壞的，每個思緒都格外清晰。

蘇老師今天語重心長地告訴班上同學，喝酒會誤事。

蘇老師今天問他怎麼沒有精神，對他很好，可是他治不了他的傷腿。

他今天去了公墓建起的工地，鄭王爺的廟已經不存在，他和母親分開後，那裡便成了他的家，現在他連僅有的棲身之所也沒了。

有幾隻鬼不顧日頭，圍著他說話，看他像個尋常男孩子般地過生活而感到欣慰。

他上一世選了天上，把在黑暗中受苦受難的孤魂給拋下來，因爲成神是他師父最大的心願。但在這一世，卻是墓地的亡魂護著他長大。

「我回來供奉你們，好嗎？」小七說。

「不行，那位大人會生氣。」鬼低語。

「大人？」

「祂想把您拉到陰間去，您別傻傻地跟著去，住天上多好，無病無痛。」

他還想說些什麼，但心裡和嘴上都欲言又止，被微弱的亡魂拒之門外。

「小孩子，別再來這種地方！」

遊魂趕他，他只能往高處找個地方窩著，就是傍晚發現兔子的那個定點。要是老王沒開車經過，我沒去叫他，他難道就不回來了嗎？

我再也受不了了，像個瘋婆子般大叫，反正昨天也吼過，壞老母不差這一樁。

「你是要去哪裡？你還有什麼地方可以去！」

小七三兩下抽開身，屈著雙膝，看著跌坐在地板上吵鬧的我。

「大姊，我總是後知後覺，我生母說過很多次不喜歡我，我還以爲是她心情不好，一直煩她。妳要是覺得厭煩，跟我明說就好，不要勉強自己。」

我雙手雙腳地爬上前，把臉埋到小七胸口上，牢實地抱緊他。

他小時候，最喜歡挨在母親身旁，這是他等了兩世的親人，他要連同上輩子的份，加倍愛她、孝順她。

但是，那女人卻叫他去死，拜託他快點死去，一遍又一遍。

他總是想著自己做錯了什麼，一定有哪裡不對，母親才會把他丟掉。

就算他根本想不出來，還是認定自己有錯，一定有什麼不好，才等不到母親的回眸。

「說有什麼用？你根本不明白！」

我討厭傷害他的男人，討厭有幸做他母親卻不懂珍惜的女人，我也討厭林之萍，爲什麼在所有傷痛發生、這孩子已經不再任意撒嬌之後才帶他回家？

「你常常不給媽媽摸，媽媽只是不給你摸一次，你就要性子離家出走，你這隻不孝兔子！」

他的手擱在半空，良久，才反手攬住我的後腦勺。

「大姊，這樣很難看。」

我整個人趴在他的雙腿間，乍看之下，我的百褶裙和小七的格子褲還滿配的。

「這裡是我家，你是我養的兔子，有什麼好丟臉的！」我就算心虛，也要強詞奪理。

「就說我不是兔子，妳還一直叫，連蘇老師也是，同學還說我是班上的小寵物，看一次，摸一次頭。」

小七低聲抱怨著。我聽他綿軟如雪的嗓音，差點酥了老骨頭。他只有對我和阿夕才會這樣說話。

「小七，跟媽媽說一次，我──愛──你──」

「不要。」

「來，愛──死──媽──媽──了──」

「妳夠了！」

「最──喜──歡──媽──媽──了──永──遠──在──一──起──」

小七掙扎著，奈何只要他不理我，我這隻化身爲章魚的老母，絕不會放過他。

「妳很煩咧，哪有老母會這樣，都快四十了，還有臉穿學生制服亂跑！整天說要一起洗澡。大變態！一直說我很可愛，害我還眞以爲自己有點姿色！回家沒看到人，就得擔心妳是不是又去惹是生非！」

爲什麼他就算傷心難過，也不能忍著不數落老母呢？

「都怪妳對我這麼、這麼地好，妳只是少說一句好聽話、多說一句重話，我就忍不住擔心妳是不是不要我了。」

我聽著他的心跳，終於知道他那天沒精神的原因了。

「大姊。」

「嗯？」

他哭著說：「最喜歡妳了……」

我闔上眼。這一刻我們的心，似乎相連在一塊，彼此都不想分開。

阿夕一進門，就看到我們母子倆抱著哭成一團，就算他多麼想維持壞人的形象，也沒有餘力。他一左一右地把我們拉起來，用手帕衛生紙擦乾我和小七臉上的淚水和鼻涕，叫我們乖乖到沙發上坐好，地板冷，他馬上去煮飯。

「也好喜歡大哥。」小七全心全意地補上這一句。

即使阿夕沒親身目睹剛才感人的橋段，還是軟下眼神，拍拍小七的腦袋。

我家小熊不在。星期四是熊寶貝見父母的日子，他被格致抱去，即使和花花相處，也都會帶著。琳琳說他們約會的樣子異常好笑，枉費格致是大學的公關，和花花說話都會咬螺絲，不過看花花都會花心思盛裝打扮的情況，也不是沒有機會。

一家子吃飽飯，差不多是看連續劇的時間。阿夕卻從背包裡拿出光碟，在我眼前晃了兩下。

「十八禁，小七，你迴避一下。」阿夕說，打從心底把七仙當作幼兔。

「哇，十八禁耶，有家長陪同應該就可以了吧？」我看向阿夕，徵求首肯，阿夕卻回以我找死的眼神。

我們三個坐在沙發上，看螢幕上游泳池旁的男女卿卿我我，說著高尚的下流話，大概十來分鐘，鏡頭往其中一對情侶對焦，那女的從背後看，身材眞好，胸部和人家一樣大耶……

「夕夕，這是十年前的片子了吧？」我顫抖指著螢幕上賣弄風騷的女人，小七比我早看出那女人的身分。

「大姊，妳年輕時眞的好漂亮，頭髮好長。」

被誇獎了，但媽媽開心不起來，因爲我知道等下會發生的事——連泳裝都不見了，不適合給純潔的小朋友觀賞。

那對情侶走進室內，就在沒有遮蔽的沙發上交纏起來。

「之萍……呼呼……妳好棒……」

「阿傑……啊啊……再來……」

「啊啊啊！」我橫在電視機前面，阿夕按了暫停鍵，小七一臉呆滯。容我先暫停三分鐘。媽媽陪著僵硬的笑臉，把家裡的純潔兔哄去寫功課。雖然我的臉皮如防洪堤，爲了支撐外面的波濤洶湧，什麼都能一笑置之，但就是不想給小七知道以前的糊塗事。

「大姊，妳的羞恥心怎麼突然回來了？沒關係，人都有過去。」

我知道，小七是個體貼的好孩子。

「兔子，請相信媽咪，我的內心還保持著少女的純淨，所以以後也還是要一起洗澎澎喔！」

「沒妳這個老母！」

下一秒，小七的房門就在我面前摔上，很好。

處理好小兔子，趕緊回頭面對大魔王。阿夕孤傲地踞在沙發上，我手足無措地站在他面前扭屁股。

「我去和龐心綺見面，就是爲了交涉這卷帶子。」林今夕冷冷地說。

我往電視機看了不堪回首的過去兩眼，的確是我從阿夕那邊攫取的畫面，因爲他神似年輕的龐世傑，我才會誤認。

「今夕，小魔女給你開了什麼條件？」

「影片中妳忙著的事。」阿夕冰冷地回應，媽媽則冷汗直流。「開玩笑，這麼骯髒的事。我花了不少力氣才打昏她，搶到帶子。」

阿夕看著我，我也深情地望著他，心裡頭趕快思考他希望我有什麼反應，才能成功撫平他這些日子累積的哀怨。

「今夕，你真是我的英雄！」

總而言之，先抱上去再說。

這次他心底還是一片黑，我後來想了想，說不定阿夕的心就是黑色的，純然的黑，所以才藏得那麼好。

隱隱約約，我見到暑假事件的後續。

他抱著死去母親的魂，從人世走下一個暗不見底的世界，一步一步，路險且難，他卻熟悉得無需探看腳下的情況。

他把沉睡的母親交到一個華服男人手上；那人一碰，魂就不見了，隨後恭敬地低下身來，對阿夕深深一叩首——

陛下，何時欲歸來？

華服男人身後是滿片跪下的亡魂，哭嚎滿片。

阿夕卻轉身就走，回程依然艱險，腳步沒有絲毫遲疑。

「今夕……」

而我只不過略帶無助地喚了他，他的眼底就全部是我，我撫著他的耳畔，他想起我亂摸人背後的理由，要把老母推開，卻掙不過我柔弱的雙臂。

「不要這樣，給媽咪抱一下嘛！」我相當認眞地做了請求。

「我不是小七，妳會失望。」

「阿夕，無論如何，我都不可能不愛你。」

「我已經當了妳十多年的好兒子，妳會生出這種錯覺，也無可厚非。」他凜凜的瞳目凝視著我。這話裡的含意，似乎認爲眞實的自己不可能被人喜愛。

人家外人都說林之萍一顆心懸在小孩身上，可是身爲小孩的他們卻不承認，小七以爲我有阿夕就夠了；連阿夕也去想，比起他這個不純粹的養子，小七比較適合做媽媽的寶貝。

「今夕，我跟你說件事，你別跟媽媽計較。」

「我沒有吃小七的醋。」他特別聲明，不打自招。

「你呀，跟小七一樣笨，笨夕夕。」

「我英數可沒有拿過個位數。」

我明明在和阿夕談心，在房間裡努力寫功課的小七，卻不斷受到波及。

「兒子們都是小笨蛋，媽媽好傷腦筋，眞是的，都這麼大了，還要我照顧你們。」

「誰照顧誰？」他仍然不改倨傲。

我明知難有一生一世，還是款款地爲他笑著。

「阿夕，能和你成爲一家人，一起笑、一起煩惱下個月的買菜錢，我已經非常滿足。」

「媽，我要的不只這些。」

「那麼，再附贈一隻兔子。」

「他本來就是我養的，妳難道以爲整天摸摸抱抱他，就會長出肉來嗎？」是是，兔子把拔。「媽，我說過了，我拿不到的東西，別人也休想碰，請妳好好記著。」

我還是堆滿笑，他又語重心長地重複一遍：

「請妳記牢。」

□

夜半時分，我獨自在小客廳徘徊，今晚是以陪阿夕寫報告作結的。我還說了小萍媽媽出生時彩霞滿天，疑似仙女轉世的床邊唬爛故事，使出渾身解數，才哄得大帥哥勾著嘴角進入夢鄉。

大兒子挑明敢找男人進這家門，他勢必殺人滅口，而我不愧是他老媽，裝傻裝得滴水不漏。

他想要以前一心在他身上的我，也就是我所有的「時間」，但除非我認眞習得失傳已久的分身術，實在沒有辦法。

即使我能年輕二十歲，挽起他的手當小情人，也無法實現他這個心願。

我可以爲他粉身碎骨，卻無法下承諾，想來也眞是矛盾。

就在我東轉西轉、傷透腦筋的時候，神蹟出現了。謝天謝地，林之萍正需要聊天的對象。

一身鎧甲的武將，持劍蹲在神桌上。我雙眼發亮，急忙想拿香來拜。

「夫人，我無需香火，只想與妳談談。」鄭王爺對我抱拳一揖，我趕緊拎起裙角，低身回禮。

害羞完才想到，鄭王爺是林家牧場的守護神，是兔子的乾爹，祂要說的事，我可以賭價值五百塊的冥紙，一定是關於白仙小七。

「我不是故意害他哭的，就算平常惹他生氣，都是爲了想看他蘋果紅的雙頰，但這次眞的不是存心的，請相信我！」我舉雙手自白，一個不小心、掉以輕心，都忘了還有蘇老師正虎視眈眈著我家兔子的監護權。

「我並非想求妳憐憫，但請妳看看好嗎？」

鄭王爺伸出手來。我抓住那雙黯淡的掌心，感受死去英靈的意念。

他的腦海中，有一隻累壞的小兔子，拖著長長的金色衣襬，赤腳走入昏黃的小廟。外邊的夜空已經快亮了，他才獲得喘息的時間，等到一早，又得接待蜂擁而來的香客。

白髮的孩子雙手合十，向神壇上的鄭王爺報告他救了一個和他同年的失明女孩，那女孩的家人看起來是多麼欣喜，她的母親抱著她又哭又親，很寶貝的樣子。

鄭王爺一時間沒會意神子怎麼會突然把信徒的家務事說得如此詳細，他一向視救苦救難爲本份，就算累得睜不開眼，也無法閉上眼不看。

年僅十歲的七仙，垂著及肩的白髮，背後一片黑，偌大的世間只有他一個人，僅有的聲響是他的呼吸，以及胸口微弱的律動。

「王爺公，原來母親她，並不愛我……」

看著世人來來去去，他終於從年幼的夢中驚醒，意識到自己早在許多年前，就已成了棄子。

我眞想把時鐘倒轉七年，飛身去抱緊我家孤苦的孩子。

比起養父對他的殘暴，深愛兩世的生母拋棄了他，才是傷他最深。

神壇上那個曾經統御一地孤魂的大將軍，低首抹著眼眶，認爲當初把神子留在他地盤的自己，萬死不足辭。

莫名其妙，最好他不要小七當乾兒子，小七的生母就會死而復生又回心轉意。

「鄭先生，養小孩不是這樣養的。來，我教你。」

我把輕飄的英靈拉下桌，走向小七房間。小七習慣關燈睡，房間暗著，而我已經熟透了兔子窩的格局，閉上眼都能準確地坐在床邊的小板凳上，這是我平時說床邊故事的大位。

「你要學著我，不要把感情憋在心裡，要常常摸他的毛，毛草才會長得豐美亮麗。」

我示範教學，搔搔小七的腦袋瓜，發現手感有點綳，不太尋常。就在我想學寵物店拎著兔子後頸起來時，就被小七當作夜半騷擾他的變態歐巴桑鹹豬手給拍掉了。

「妳又要幹嘛？我才不要跟妳睡，走開。」原來小七還沒闔眼，眞不像平時九點一到就眼皮打架的小朋友習性。

「媽媽才不是來夜襲，是爲了你王爺公……」我轉頭，發現鄭王爺跑得跟飛的一樣快，轉眼間消失無蹤。

戰友逃了，我只好自個兒擔下小兒子鄙夷的眼神。

「自己居心叵測，就不要推到王爺公身上。」他背對著我抱怨。我覺得有些奇怪，平常都是連拖帶拉地把我關回老母的獸籠裡，怎麼今天戰鬥力這麼弱？於是，我忍不住去戳戳他的背。

「媽媽常被人說不適合當老母，所以有時候會失去鋼鐵般的自信，需要寶貝們來肯定。」

「……妳可以多陪陪今夕哥，多說故事給他聽。」

我怎麼嗅到一絲言不由衷的味道？

小七房間就在阿夕隔壁，隔音不太好，他八成是聽見了我和阿夕的談天和笑聲。平常那個時間，我都會拿來騷擾兔子，被他嫌煩。

因爲媽媽今天沒來找他玩，所以感到一絲失落，對吧？

「小兔子，師父師兄最寵愛的小白點點——」

「閉嘴啦，我沒有關係，大哥比較重要。」

看他悶在枕頭裡說話，既克制不了身爲人子的計較又強忍著，不禁讓我覺得自己還眞是個罪惡的母親啊。

「小七，媽媽好愛你喔！」

「不要說了……」今天他那句自白，大概已經超過他臉皮的極限了。

「嘿嘿！」我又摸摸他的頭毛兩下，才心滿意足地離開。

不料，剛起身，黑暗中，我的脖子就被軟嫩的雙臂給攬個正著，他把臉頰緊實地貼在我的耳畔，顫抖不止。

比起我夢寐以求的兔子啾啾，這麼一個單純的碰觸，讓我不由得心弦大動。

「噹」地一聲，不知不覺，我手腕上的金鍊子鬆了開來，掉在地上。我無力撿起，因爲兩隻手忙著抱緊我的孩子。

「沒事了，媽媽在這裡。」

我輕聲哄著他，生起一股錯覺，以爲把我的心全給了他，他碎裂過的玻璃心肝，就能再完整如故。

那我自己呢？我不知道，只覺得如果不能搏得他的笑顏，那林之萍這一生也就白活了。

□

翌日中午，我在公司廁所趁休息時間嗯嗯的時候，順便打電話向小玄子請教一些專業知識。

小玄子先將我們的通話設定爲密頻，人神鬼怪都聽不見。他說以前他是各種刑具的愛好者，地獄有七成的酷刑經過他的精心改良。連心鎖被他視爲妖界的寶器，百分之百能離間所有如膠似漆的愛人。

「呼嚕嚕，之萍姨姨，妳不覺得這東西的源頭竟然是美好的天上世界，好生諷刺嗎？」

我對天界也有成見，得了小七就整天欺負他，好不容易我養到了，又老設計一些卑劣「天意」想搶走我家兔子。我猜，天帝聖上一定是個猥褻的老頭子。

「古莫，也就是古意他堂姊，連心鎖的前一個擁有者，就是這樣被逼瘋的。身旁的人或許笑話她，父母也可能一時動怒指責她的不是，但她身邊的人並沒有眞正說出口，而是被『心意』毀去表面的婉轉，之後才會受賊人控制。」

「她還好嗎？」她並不壞，壞的是設計圈套給她跳的歹人，毫無憐惜地毀棄少女的芳心，才是眞正的惡毒。

「嚕，照猩猩阿古說，那個女的昨夜向她的爸媽跪了整晚，今天一早還到陛下的教室道歉。陛下罰她勞動服務三個月。阿古爲了這等輕判，決定死後繼續讓陛下踐踏度日。」

有讓阿夕好好睡上一覺，果然成效立見。

「之萍姨姨，妳見到陛下的『心』了？」

「算是吧，很有阿夕的個人風格。」

小玄子安心地呼嚕了聲。

「我們同意轉生到人間，就是爲了從陛下手中拿回契約，套句人常用的話，叫『自由』。這表示，人世的我們有機會除他而代之，不知道他爲何提出這個動搖王權的命令。」

「子玄，你說出來不會被責罰嗎？」

「因爲之萍姨姨還陪在陛下身邊，貧道一點也不擔心。」

換句話說，小玄子得知我拿到連心鎖，最擔心的就是阿夕了。

「貧道並不稀罕自由。」他輕聲直述。「世事無常，再親的人也有背叛的一天。不過我師父是個好男人，不像白派每任的笨蛋掌門，他很早就知道我是鬼子之一，還是努力不懈地把我抱到膝上講經給我聽……嚕啊，怎麼會說到師父那邊？」

因爲小玄子很喜歡一手養育他長大的羅師父爹爹啊！

「我們捉拿過人世許多自以爲星辰下凡的皇帝，他們總是在登基之後，轉眼就把子民甩在腦後，以爲掌握大權，就可以輕易背棄百姓。宗教經典多不提，但這等罪過在冥世可是滔天大罪。」小玄子嗤笑上位者愚昧的醜態，在他心中，眞正的主君只有一位。「我討厭神，不相信人，唯有陛下會一直撐起晦暗的地下世界，就算我們是卑劣的垃圾，也一樣不會遺棄我們。」

「沒有這回事，你們在阿姨心中，都是很棒的孩子。」

言談中可以發現，他們鮮少用「愛」這個字眼，保守而遵從著傳統把他們彼此連繫在一塊的臣屬關係，確認自己不被這個世間拋下。

我認爲很大一部分是受到風俗民情的影響，賞罰分明的世界不流行說情愛；而那些孩子之所以能夠享受阿夕的凌虐，以及阿夕誰也不踩、盡踩他們的霸道，與其扯一堆「君要臣死，臣不敢不脫光光」的封建規範，還不如說那麼長久的時間中，不管之間經歷多少是非，比起多變的世情，他們其實很在乎這份糾纏不清到可謂之深厚的孽緣。

雖然事實一直擺在身邊，但這恐怕是直到身爲人才能明白的道理。

「姨姨，我們世界有個很大的隱憂，比天界還要嚴重。」

「是阿夕吧？」

小玄子發出一連串急促的呼嚕呼嚕聲。

「太后娘娘，小的回去一定先把閻羅殿打掉，幫您建別宮！陰曹地府需要您！」

我陪笑，心裡想著白毛小兔子。

「與人世不同，人類可以選擇那麼多制度維持社會運作，而地下世界則是絕對集權，我們的王不能倒下來。所以，非到萬一的萬一，我們這些臭老鬼並不想威逼妳的心意。」

小玄子被小草他們批評爲賤嘴和死沒良心，我卻沒感受過他任何白目行徑，甚至有些怕我討厭他，拚了命地把話說得委婉。

爺跟童年的我說起令小屁孩聞風喪膽的冥世地獄時，我沒料想過有一天會與「他們」這麼接近。很想立刻包車殺到羅家道觀，拉著小玄子轉圈，告訴他沒必要顧忌什麼。

就因為喜歡上了，所以才變得小心翼翼，就像我不停抖著的鞋跟，害怕自己辜負他們的信任。

「子玄，週末要不要找阿夕他們練團？順便來阿姨家吃飯，姨姨想你。」

「怎麼會扯到這？主題不是連心鍊子嗎？呼嚕嚕，要吃什麼？要穿什麼？貧道和師父說一聲，叫他給可愛的徒弟車錢！」

我聽他高興了好一陣子，想起暑假結束前，我們林家一口氣從羅家搬回牧場，道觀只剩他和羅師父兩人，變得好空。阿夕生母過世，一夕之間有兩個孩子失去母親，我就算讓電話費爆單，也要沒事找事地多跟我新任的乾兒子說說話。

「不好了，師父催我要下山做法事了，還是得回到主題上。」他的口氣好生遺憾，還有好多八卦要跟我分享呢。

「對呀，為什麼我的鍊子突然就解開了？」

「其一，白仙本身握有神器，當他主動撲進妳懷裡，與連心鎖產生共鳴，解開它本身禁錮施用者的咒。」

嗯嗯，我會經常回味小七自投羅網的那個瞬間，離他在浴缸裡等著幫媽媽刷背的那天不遠了。

「其二，連心鎖承受不住白仙心頭霎時的波動。」

「怎麼說？」雖然第一個頗可信，但我直覺第二個才是正確答案。

「呼嚕，意思就是，已經超越心會變動的好惡，他是眞的很愛、很愛妳。」

□

星期五，小七放學回來，我和阿夕齊齊向他拉開禮炮，大喊「恭喜」，小七怔著異色眼珠，不懂我們在演哪齣戲。

直到熊寶貝搖搖晃晃地拉開紅色紙條，上面寫著「全校繪畫比賽第二名」，小七立刻漲紅臉。

「你們也太誇張了。」他囁嚅地說著。

我們拱他拿獎狀出來，阿夕直說要拿去裱框，要掛在客廳裡。小七推辭著，認爲這種寒酸的東西，和出國比賽得冠軍的阿夕完全勾不上邊。

「說什麼傻話？弟弟，我眞爲你感到驕傲。」

「大哥……」小七一臉感動。

「小七，我們家小孩得獎有一個特別獎勵，你既然身為林家子，一定要知道。」氣氛正好，我也開始我的唬爛兔子大業。

「是什麼？」小七睫毛輕輕搧動著，很期待的樣子，我忍不住擦了口水。

「媽咪的香吻一個。」

「真的假的？」小七的嫌惡清楚地寫在臉上，讓媽媽大受打擊。

我沮喪了一會兒，打算拿出真正的禮物——新的水彩畫具，小七卻在我面前閉上眼，仰起脖子，雙唇微微噘起。

「妳要親快親。」

我聽到喉頭嚥下口水的聲音，這真是天上掉下來的大禮，誰曉得兔子會這麼好騙呢？老天爺，那我就不客氣開動啦！

冷不防，阿夕早我一步，傾身吻了下去，並且用手機照下這天崩地裂的一刻。

「那是我的肉——！」我淒厲大叫。

小七臉紅得更紅，都快冒煙了。阿夕只對他魅力四射地笑笑，完全沒有悔意。

「臭阿夕、壞阿夕！」我過去撲打大兒子的胸膛。阿夕則是任我飽以老拳，得意得放聲大笑。

「妳可以親回來呀！」他還有臉說著邪魅男主角的台詞。林之萍眞是太可憐了，養大了小男生，他卻老來不孝。

「小七，再來一次！」我不甘心。

「夠了！你們再亂來，老子眞的要腦充血了。」

我不依，抓著他的臉頰猛親十來次。小七哇哇大叫，而阿夕則笑到沒力阻止。

熊寶貝得到了一條新項鍊，寶紅色的愛心，是花花小時候珍藏的小女生首飾，像小鏡子，閃閃發亮，我們一家子映在那顆心上的樣子，特別生動燦爛。

人生來就是獨立的個體，唯有撲捉不著的心，讓我們緊密相連。

丹青劫

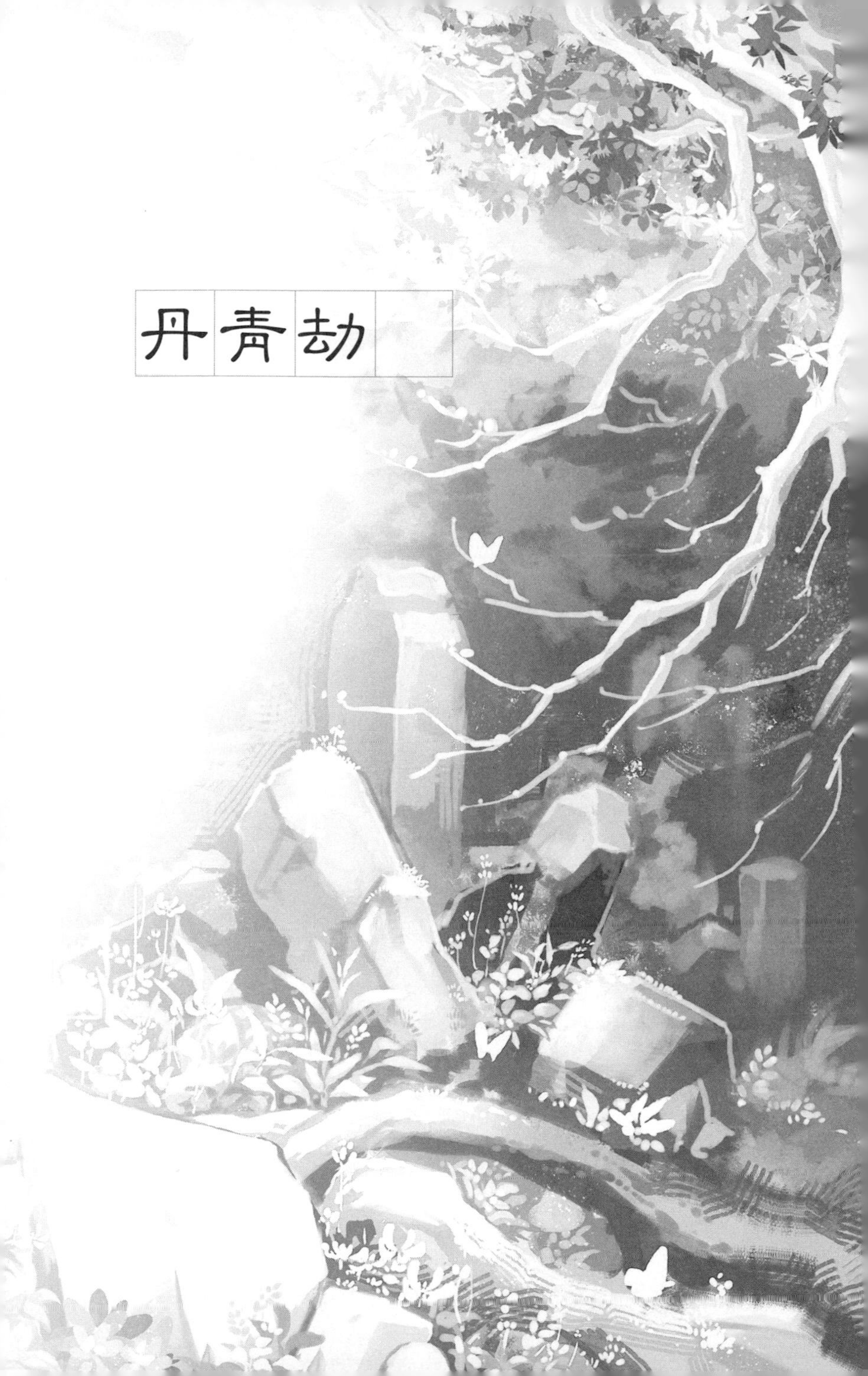

續連心鍊子的小小尾巴，小七拿了學校暑假作業畫圖第一名，也靠著那張畫獲得代表學校比賽的機會。

他在餐桌宣布這件事的時候，特別警告我和阿夕，不准撲過來對他親親抱抱，蘇老師告訴他這個好消息時已經揉過他的頭髮，我們不可以再做任何害羞的事，害他再次腦充血。

「今夕，哼哼，想不到你也被歸類到媽媽這一國了呢！」我用兩根手指晃著碗中的四神湯，充作貴婦的紅酒高腳杯。

「媽，妳好無聊。」阿夕完全不理會小七的警告，依然親暱地順齊弟弟亂了一邊的髮。

「小七，沒想到我也不過養了你幾餐，你就學會反抗我了，還討價還價，眞以爲你不會成了砧板上的那塊肉嗎？」

小七驚恐地瞪大眼。我既然身爲母親，理應擦乾因爲想吃兔子肉而流出的口水，爲笨蛋小兒子挺身而出。

我丟下吃空的碗筷，兩指在眼前嬌巧地併攏伸直，右眼用力一眨，正義魔人林之萍閃亮登場！

「媽，注意一下智商和年紀。」

「夕夕，我說過好幾次，這塊肉是媽媽的！」我正氣凜然地撲抱住右手邊的白兔子，守護小動物乃林家牧場的經營大綱。

「你們以爲這裡是菜市場肉攤嗎？不要勾我的脖子，我不會讓你們吊在架子上論斤秤兩地去賣！」小七激動大吼。

不會嗎？從去年冷冽的冬天到今年入秋，雖然小兒子還沒養滿一年，但白軟的兔子實在太好捉摸。我鬆開手，似笑非笑地望著七仙寶貝。

「小七要去比賽了，媽媽覺得好高興喔！」

甜言蜜語無須千字萬句編織，只要一勺眞心和笑容混合均勻，就能騙倒在寂寥天宮過了三百餘年的小兔子。

「要買新畫具嗎？比賽地點在哪裡？蘇老師會去嗎？」

小七垂著腦袋瓜，微聲回應：「不用買新的，顏料也夠。比賽在東北部一個大畫家的別墅舉辦。蘇老師週末被家裡人要脅相親，人家看了照片，很喜歡他；蘇老師沒辦法，只能拜託他學長假裝愛人同志逼退女方。」

天啊，這眞是太有趣了，要是那天小七沒有畫畫比賽，我一定要潛進相親會場拍照存證。

「其實你老師有打電話到家裡想拜託媽，但我回絕掉了。」

阿夕落井下石地笑了起來，黑得半死又燦爛無比。

說到愛人同志包胖子，老王單身多年，最痛恨人家拿他的私生活做文章，抹黑的話百百種，連他喜歡小男生（明明是我）這種話也耳聞過。但他還是爲了小晶晶學弟，寧可放棄屁股的名節，眞是個好男人。

先不管那對令人好在意的學長學弟，回到繪畫比賽來，小七說比賽連著兩天舉行，要過夜，家長必須簽下放行小朋友的同意書。

我想起蘇老師的爲人，催促小七拿同意書過來，哪怕是沾上餐桌的油水也無妨。單子正面是制式的官話沒錯，翻過背面，果然大有玄機，斗大的藍墨水筆字跡是蘇老師的親筆請求。

之萍小姐，我不放心明朝一個人，即使平日工作辛勞，也請妳撥冗帶他赴賽。

然後咧，求人總是要奉上謝禮，不是嗎？

我轉頭朝神壇一笑，鄭王爺低眉肅目，想到他遭池魚之殃，跟著小晶晶被抓去相親，下次見面就有取笑他的材料了。

我把手抹乾淨，在同意書背面簽了名，答應蘇老師帶小七去畫畫。

小七這才看清楚蘇老師交代什麼給他老母，連忙搶過單子。

「我自己去，沒妳的事！」

「這次也要空間跳躍到人家屋頂打地鋪嗎？」闖鬼門那時候，小七也說了類似的呆兔子話，要不是我死黏著他屁股跟過去，他根本不會照顧自己。

「對方有準備房間給參賽者，妳不用擔心，今夕哥也不用麻煩他同學。」

小七又拿了一本美輪美奐，像是房地產廣告的全彩型錄，專題介紹繪畫比賽投宿的豪華大別墅。說是有錢人的豪宅，更像是畫廊，宅邸主人蒐集了古今中外的各色名畫，除了滿屋子的畫，鮮少見到其他擺設。其中有兩個廳堂主題各為天堂與地獄，把中西方所描繪的天上世界與陰曹地府，陳列於自己的書房與臥房。

說不準是同類的直覺，我覺得這個宅子主人兼主辦者，好像是個變態呢！

阿夕在一旁看著豪宅主人與家人的合照，食指朝桌緣輕敲兩下。他心裡一有定見，就會出現這個王者常見的小動作。

「小七，你有辦法一口氣穿過中央山脈嗎？」阿夕問道，想確認小七的跳遠能力。

「後山我去過，可能要花點時間，還不至於構成障礙。」

讓每個進犯台灣的颱風身死沙場的地理屏障，竟然擋不住我家的兔子。小七說過他以前打敗過大風、大水和山林之王，贏了也沒把自然界踩在腳下奴役，還是對微風、小花兒很有禮貌，不像人們囂張過後老是被大自然反撲。

雖然兔子跳得過海拔三千的高山，可以登上世界紀錄，但是敢沒經過媽媽同意出門，哪怕他能縱橫陰陽兩界，都逃不過忤逆老母的罪名。

「這樣，就可以了吧？」小七捧著單子和本子，戰戰兢兢。

阿夕拿起手機：「格致，星期五把車開來。」

而我也跟著撥了電話：「花花，這個週末林家牧場要家庭旅行，要記得還小熊喔！」

「你們怎麼都說不聽！」小七發現他的反抗，到頭來全是白費工夫，頭上母兄兩個都是一意孤行的長輩。

我握住小七的雙手，柔情款款地望著他。

「媽媽能帶你出門比賽，眞的好驕傲、好開心，絕對不是給我添麻煩。」

「可是妳最近都要加班，工作很累，今夕哥也要忙很多事，在家裡休息比較好……」

在我的溫情攻勢下，他現在幾乎失去了戰鬥力，我順勢傾身環住他，抱上一抱。

「媽媽上班總是想著你，睡覺也夢到你，坐著想，站著也想，而消除這種疲勞的最好方法，就是帶著兔子去畫畫比賽。盡了一點老母的職責，不讓你在這個家受到虧待，甚至要你比別人家的小孩過得更好，神經中樞才會停止播放你的畫面。」

小七略抬起眼，異色的眸有些濕潤。他有時會露出這種受驚小兔子的脆弱模樣，自己卻毫無自覺，要是我不是媽咪而是大野狼，早就把他吃乾抹淨。

阿夕把小七拉出我的懷抱，往他臉頰輕拍兩下，要他清醒點，說我對小男生都是同個調調，千萬別被我的深情告白糊弄過去，到時候連骨頭都不會剩下來。

我呼口長息，也算是通心鍊子的副作用，近來我總習慣亂摸身邊的人，好在他們對我也有一定的情分在，沒把我一狀告上法庭。摸來摸去，每天阿夕回來，也給他用力抱一下，但就是比不上小七的觸感。

我和密醫小玄子討論過，可能鍊子解得太乾脆，還要一段適應期才能眞正分開通心的彼此。

可惜小七死都不答應給我抱著睡，不然這個相思病一定好得更快。

「小七，好嘛！」我挾了雞塊過去。

「小傢伙很想你，你獨自出外，總不方便帶著他，他鬧起來，我也哄不了。」阿夕也挖了三色蒸蛋到小七碗裡。

「對呀，你忍心放你大哥一個人面對打滾的母親和小熊嗎？」我把自己珍藏的兔子魚板給了小七。

「做人老母，妳幫不上忙就算了，還敢添亂！」小七皺眉看著碗中高起的食物，叫我們不要餵食，當然也不准亂摸。

他沉重地把那碗豪華配菜吃光光，才愼重地表明心跡。

「煩死了，要跟就跟啦！」

熊寶貝每次到外頭逍遙，小七就變成家裡最小的一個。頓失幼子的媽媽和阿夕爸爸，便移情到兔子身上，加倍寵著他。其實被捧在手心也沒必要反應過度，媽媽可是一百個心甘情願，只是他總是很不好意思。

當晚，阿夕目睹小七半夜爬起來跟鄭王爺說悄悄話，偷偷在月曆畫星星數日子，即使我們一家人出門從來沒好事，他仍然滿心期待。

隔天的我一大早起床，心有靈犀地到月曆前端詳那顆含蓄的小星星，再用家裡最粗的麥克筆，在小星星外圍畫上一顆紅色的大愛心。

□

出發前出了點小意外，小熊星期五未歸，直到星期六我們一家三口吃完早餐，阿夕還把被單洗了一遍，格致才來電說他在樓下。

我們鎖好門窗，帶著行李和比賽用具，輕快地走下樓。小七還沒站定，熊寶貝就從花花臂彎跳下，急著要給小七抱。小熊在學校見得到阿夕，我也會透過花花的電話和小寶貝聊天，可是小七卻絕情絕義，兩天沒見也不表示什麼，害熊想兔子想念得緊。

「跟你說光天化日別亂動，被法師當妖怪燒掉怎麼辦？笨熊仔！」

小七嘴上罵得兇，手上倒是抱得很穩，讓熊寶貝滿足地窩在充滿兔子氣味的懷抱。

一邊是感人重逢，另一邊則是絕命擂台。

「陛下，請聽我解釋……」

格致尾音未落，林今夕已經旋身飛踢下去，打了又打。

「就看在我是車主，你是租借人，我還幫你把油加滿的份上，饒過小人一命！」

「我說星期五晚上，你竟然敢星期六中午抵達還大言不慚，該不該死？」

「小的該死，小的萬死不辭，只是茵茵和我小孩都在這，請陛下留點面子給我，我等下還要帶茵茵吃飯……哇啊啊，我眞的有在反省，沒有滿腦子美色，不要折斷我的手腳！」

格致全身上下被扁過一輪，花花看我放下洋芋片，才過來求情。

「林阿姨，是我不好。我星期五晚上有工作，致他不放心，在攝影棚陪我到半夜，一邊照顧小熊，就爲了等我工作結束送我回家。耽擱你們的行程，眞的很過意不去。」

「不會不會，只是給阿夕出口氣，他等下開車才不會危險。」說到底，格致就是逃不過祭品的命運。

我看著盛裝的花花，妝容未卸，可見她眞的忙到只剩睡覺的時間。我請阿夕看在美人勞累的份上，放過遲到的格致，阿夕才移開踩在格致胸口的長腿。

穿著晚禮服的花花，扶起西裝已經被踹得髒兮兮的格致，關心備至，眼裡帶著點點心疼。美人當前，格致也只能挺起胸膛說沒關係，他最喜歡給阿夕揍了，這是他們哥們倆交流感情的方式。

「倒是妳，別蹲下來，胸貼都讓人看光了。」圍觀的人不少，格致伸手捂住花花走光的胸前，扶著花花的纖腰起身。

光看這親密無限的動作，就知道這一對大有長進。

「你都注意哪裡啦，討厭！」花花輕打格致的手背，格致滿足地笑了下。

他們深情對看十來秒之後，才注意到阿夕的肅殺之氣。花花低頭轉著紫羅蘭鞋跟，美目心虛地躲著我和阿夕；而格致則直冒冷汗，憑他對阿夕的認識，被盛怒的君王塞進油箱當柴燒也不是不可能的事。

前女友與好朋友，經過公式換算，格致死定了。

我使眼色給那對青澀的小情侶——還不快走？

「小熊，再見，小媽媽會再來看你的。」

花花依依不捨地向熊寶貝揮別，小熊也在小七的掩護下揮爪子回應。格致想上前再抱一下熊兒子，卻被阿夕凜冽的目光逼退。因爲年輕不懂事，他這個生父可能一輩子都搶不贏阿夕這位堂堂的養父。

格致只好挽起花花左臂，扶持著，徒步離開。小熊跳下，作勢要追，可是四周有好多陌生人，他動彈不得，直到被阿夕重新抱起，熊寶貝才止住抽咽的哭聲。

「小熊，今天我們要和兔子哥哥一起去畫畫，要一起來嗎？」

熊寶貝聽到「兔子」和「畫畫」，精神就來了。阿夕有時候會慨嘆小熊呆，但好哄的笨小熊，又能讓他露出無奈又溫柔的微笑。

「小七，都是你害的。」育兒計畫失敗的阿夕，忍不住追加一句。

正在清點顏料的小七，怔地抬起頭。誰教阿夕事務繁忙，平時都是七仙陪著熊寶貝塗鴉，小熊會跟著兔子長了顆呆腦袋，也是必然。

「你們母子倆不要同時對我嘆氣，讓人很火大。」小七打開後車門，把車外阿夕手上黑眼溜溜的熊寶貝抱進來，仔細爲小熊繫上安全帶，再從阿夕縫給他的白色帆布包裡拿出畫板和省吃儉用的日曆紙，給了小熊褐色蠟筆，一起畫畫。

他柔和地看著小熊弟弟揮弄畫筆，好一會兒才注意到沒有動靜的母兄們，對他們投以疑惑的眼神。

「你們爲什麼站著不動，不是要出發了嗎？」

「寶貝，你知道的，太多可愛的小玩意兒聚在一塊，就像美人魚的歌聲，像我這種平凡大嬸，很容易就被迷惑住。」

「不知道妳在講啥。大姊，別過來，妳去坐前面！」

我不無遺憾，但還是跨進副駕駛的王后寶座，只能靠著上方後照鏡，全力以赴地觀察我的小寶貝們。等到車子發動，才定睛在阿夕的側臉，輪廓依稀殘留少年的青澀，只可惜已經十九歲了。

「今夕，失去美麗的花兒，還有媽媽和小七在你身邊。」

花花和鴿子這對，是我含淚跳下水，大力湊合出來的。鴿子眞心叼著他的小花兒要去築一個窩，大概不會有機會讓阿夕吃回頭草。

連我這個年近四十的大嬸，看著花花依偎著別的男人遠去，都會感到失落，曾經與小花歡笑與共的阿夕，又怎麼能無動於衷？

阿夕只是微笑地說：「茵茵很好，不過小七比較可愛。」

這個逼近犯罪的宣言是？

「哪裡可愛？」小七臉紅紅地反駁。

「生氣的時候、害羞的時候、上街會不自覺牽我的手的時候。」阿夕嘴角勾起邪惡的弧度。

七仙激動地澄清說：「那是因爲行道樹下面盤據著陰魂，怕你撞到它們！」

大兒子光明正大地調戲起小兒子，媽媽怎麼可以容許這等事態坐大？

「小七，別怕，媽咪這就來了！」

「來個頭！把妳流滿車的口水擦乾淨！說到底，大哥會變成這樣，妳這個老母難辭其咎！」

一代宗師白兔七，與無數妖魔鬼怪交手都未嚐敗績，卻怎麼也驅逐不了林家母子心中對小動物的執念，最終成爲壞女人和大帥哥手中的玩物；每次我提議要掏耳朵，他就會自動躺上老母的大腿。

「死心吧，乖乖在我家吃草長肥，你一輩子都不可能回月球搗麻吉（麻糬）！」

「吉妳一摳蕃吉（蕃薯）！莫名其妙！」

阿夕大笑起來，好一會兒都止不住。看他心頭積存的鬱念排除出來，頓時我也像是跟著一解宿便。

「媽，既然我變回單身，茵茵也幸福了，以後都去接妳下班，好不好？」

「嗯嗯？」話題不知不覺從兔子導向了兔子老母。

「有時候我忙，換小七接妳。弟，好嗎？」

本來以爲小七好歹會抗拒一下，但他卻滿心歡喜地答應要和阿夕輪班接送媽媽。難道說，其實兔子上學上課、和同學玩在一塊的時候，也會想我嗎？

「小七，路上不可以由著媽亂買點心，知道嗎？」

小七認眞頷首，熊寶貝也跟著點下腦袋。

「等一下，還是不要好了。」我堆滿笑，但心裡在淌血。紅燈中，兩個兒子眼也不瞬地望著我。「不順路嘛，我好手好腳的，有時候忘了帶零錢，沒公車坐也能走路回家，你們就多多參與課外活動，和同學培養感情。」

阿夕收起笑，小七略略垂下眼，沒罵我糟蹋他們的貼心，也沒堅持下去。

老王說，林之萍整顆心都裝著自家小孩，要是誰敢傷害他們，我就把這條老命拚了啊把命拚。但從眼下的情況看來，讓他們失望的凶手，就是我本人。

「夕夕，我想尿尿。」

阿夕停下車，讓我到路邊的便利商店借廁所。

等我帶著一袋熱包子回來，趁著小七低頭迴避我時，從後車座一把撲了上去。

小七及時把熊寶貝抱高，省得我俯衝過來的肚子爆開他滿身棉花，自己卻爲了搶救幼弟的安危，被我這隻四腳蜘蛛捕捉入網。

「妳又發什麼瘋！」

就算他們都是普通不過的男孩子，也會有遠去的一天，更何況他們是那麼地不平凡，早說好了生離死別的預告。我的心臟強健有力，但若現在過得太幸福，難保以後失去的那刻不會衰竭停下。

「阿夕，開車。小七，我們來玩有趣的猜謎遊戲。」

小七掙扎著說：「先把妳的手放開！很危險！」

「有你在，我相信即使車頭撞爛，我和阿夕都會毫髮無傷。」

「可是這是大哥朋友的車。」毫髮無傷的假設，被兔子間接證實。

「不是朋友，是屬下。」阿夕糾正道。

好吧，可能會對不起鴿子，但遊戲還是要進行下去。

我高舉右臂，指尖直指車頂說：「百萬大猜謎，闖關成功就能獲得兔子老母火熱熱的芳心。第一題，全世界，我最喜歡誰了？」

小七不想理我，奈何我也用受驚的兔子老母眼，由下往上，瞅著他不放。

「今夕哥。」小七回答。

我們這台名貴轎車突然緊急煞車，引來後頭一陣抗議的喇叭聲。果然玩猜謎遊戲還是要注意交通安全才行。

從後照鏡可以看到阿夕正用一種不可思議的神情，懷疑小七那顆頭裡裝的東西，可能和熊寶貝一樣都是棉花，才沒發現顯而易見的事實。

「再加一個，他也是我的命根子。」我沒否認，雖然我的心是偏的，但無論如何都不可能把阿夕算在心肝之外的範圍。

暗示得就像明示，小七卻還是問：「妳爺還是妳老母？」

沒救啦，兔子，早三百年就知道你笨，沒想到笨得這麼徹頭徹尾。

「因爲很想看他開心畫畫的樣子，怕他到人生地不熟的地方被人欺負，死皮賴臉都要陪他來。媽媽這輩子，應該沒有另一個『他』了。」

動之以情，抱之兔毛。每當他想在心底築牆，才砌上一塊磚頭，我就用愛的空手道，把隔閡擊得粉碎。

通過心之後，才眞正明白他傷得有多重。扣除蘇老師這片浮板，他跌跌撞撞的十七年人生，根本沒有一天好日子。

以前加倍疼他，現在要十倍呵護著，不時順順他的毛，握握他的小兔爪。

「大姊，言行不知節制，別人只會以爲妳是居心叵測的變態。」

我都沒在擔心，兔子又何必杞人憂天？

「阿夕，房貸還有多少？」

「我滿二十之前，一定會把它還完。」

不能濫用公款啊，學生會長。

「那麼，我存錢買車好嗎？或許今年還沒辦法，但明年和後年的血汗加一加，應該湊得出頭期款，說不定來得及做你大學畢業的禮物。不用每天，下雨和寒流的時候，你先去接不知道考去哪間大學或是道觀的小七，媽媽會在公司乖乖地等你們過來，一起回家。」

「我會去工作，一起存錢。」小七輕聲應道。

阿夕審視完還算順暢的路況，回復了幾絲笑意，參與林家的經建計畫。

「我想把學校旁的土地廟買下來，給小七主持，我做經理人。大概一年內就能回本，第二年買得起休旅車，隔年就有獨棟院落的資金。」

原來阿夕含辛茹苦地養兔子，早盤算好拿出來賣錢。

「大哥，利用法力圖利是不對的。」小七急急地說明。

「沒有要圖利，我們是爲了幫助世人，順便抽點佣金罷了。」最後一句才是重點。

「可是，天上會生氣。」

阿夕開懷地笑了兩聲：「氣死祂。」

我靠著小七的肚子，想等等看他會怎麼吵贏阿夕這個妖孽。

小七卻把手輕放在我愛睏的雙眼前，我這身嬌軀不由得一震。一向秉持大道的他猶豫了，如果阿夕的提議是最能讓我過上好日子的途徑，他願意犯天條。

「兔兔，你大哥是開玩笑的，別放在心上。」

「大姊，我知道，妳很疼我。」

眞受不了，這孩子怎麼就是死心眼？被生母、養父狠心對待，難免傷心；可是連我這麼愛他，他也要難過兩下，笨死了。

我抱著兔子睡睡之前，還不忘拉扯司機的腰帶，要阿夕別欺負小動物。

而後，在後座半夢半醒間，我睜開半隻眼睛，懷裡只剩下一起安眠的熊寶貝，身上披著兔子外套，小七已不知何時變去副駕駛座，幫阿夕看地圖。

「這種距離，我可以整車移過去。」小七提出省油錢的方案。

「先別輕舉妄動，免得打草驚蛇。」阿夕有他自身的考量。

「大哥，雲變厚了。」

車內沉默了一陣，大概是想起咱們一家新春旅遊的陰雨天。應該很少有小家庭出外踏青得像我們家，必須先做好會衰的心理準備。

「我有點害怕。」

小七寧可向阿夕吐苦水，也要在我面前逞強到底，哭哭。

阿夕偏過眸子，看向抱緊畫具袋的小七。

「我比我所想的還怕失去她。」小七艱難開口，每說一個字，就像扛起大霸尖山般地喘吁不已才走下一步。「天上總說，只要我一圓殘夢，就不會對骨肉之情那麼執著，但我卻愈陷愈深。」

「你不是第一個栽在她手上的人，不要單方面承攬責任。」阿夕一改刻薄寡言，對小七婉聲勸解。

是的，都是愛招惹兒子的媽媽不好。

「她這個人最白目的地方，就是感情氾濫。時至今日，已經有我極力扼止她亂撒桃花。她待你算是修正過後的行爲模式，這樣就知道我小時候被荼毒得有多慘，隨便舉個例子都能讓她吃一輩子牢飯。」

嗚嗚，阿夕，那些都是媽媽愛的表現啊！

「是喔，原來她從以前就是個變態。」

我摸著熊寶貝睡熟的耳朵，我不承認。

小七望著漫漫前路，清秀的臉蛋浮現如月色朦朧的柔情。

「即使那些只是她善意的施捨，我還是很愛她。」

不能驚動到兒子們，老母的熱淚只能往肚裡呑。撲倒那麼多次，還給我當「施捨」？我非加把勁不可，終有一日，小兔子和兔子老母一定能手拉手在大草原轉圈，明白什麼是彼此相愛，而不是一廂情願。

接下來的場景，我就分不出來是現實還是夢境。

他們聊起近來紊亂的氣流，陰和陽的比例雖然在各方努力下勉強持平，但分布相當不均勻，甚至互相呑噬。根據三界史書記載，這種現象已經有千年沒發生過了。短時間內，人們還感受不到，可是時間一久，勢必對人間造成負面的衝擊。

小七憂心忡忡，阿夕倒是擺出觀眾的姿態，靜待事態發展。

「亂源應該是由地府而生。陰間到底在想些什麼？再這樣下去，陽世的鬼門會被逼得全面洞開，現今人世的道士無力收拾冥世的大鬼，天上也不會等閒視之。可是聖上病了，經不起上下兩界的戰事。」

我聽爺爺講古，當皇上身體不適，御駕親征的戰袍就會落在太子身上，而天上的東宮白仙，不就是我家兔子嗎？

「你自比天帝，孰強孰弱？」阿夕瞇起那雙鐵灰色的眸子，頓時車內的壓迫感直逼玉山壓頂。

小七無畏地迎向阿夕赤裸的目光。

「白派不主爭鬥，強弱沒有意義，但我必能戰勝妄想借道人間犯天的鬼王。」

山雨欲來。

□

奇蹟般，烏雲暫停發威，到傍晚都沒有落雨，這不符我家出門的衰運。

駛進蘭陽平原，美麗的田園風光映入眼前，醒來的我高唱「U Lay E」，把靠在阿夕右臂的小七徹底驚醒。

研究發現，近來小七的睡姿有著些許變化，不再把自己縮到最小表面積，而是往最近的熱源湊過去，讓我都心懷不軌地要他陪我看深夜節目，沒兩下他的眼皮就要睜不睜，溫馴地落到林之萍的魔爪當中。

「大姊！」

「呵呵，小七來跟媽媽坐。」我抱著熊寶貝扭來扭去，小七則是一副受不了的可愛模樣。在徵得阿夕的眼神同意之後，前座的小七甫側過身，下一秒就落在我身旁。

我右手攬著小兒子的肩，繼續搖擺。

「U Lay E兔——」

「大姊，妳好吵——」

車子駛過青石鋪成的老拱橋，一旁的告示牌註明，過了橋之後，眼前這片依山傍水的秀麗景色，全屬於國寶級畫家沈夢溪所有。和橋外的世界不同，小廟、金黃色的稻穗和沿途的小白菊，都不是人和大自然互相擾動的成果，這裡的一草一木，都是由沈夢溪所設計，專門為他打造的田園畫世界。

近代強調自然美，知道這片天地出自人為，總會有點心理抗拒，但置身其中久了，又會為地主的巧思驚嘆，主要是看到人家拉著牛哞哞地經過，搭訕後坐到牛車上，心裡高興所致。種田總是比爲死人築出紫禁城好，我這個觀光客有了牛之後，就沒必要挑三揀四。

「小七，有雞舍耶，陪媽媽去摸隻小雞出來！」林家牧場也是時候添隻家禽了，不然我們家除了阿夕，都是四條腿的小動物。

阿夕咳了聲，說：「媽，妳還記得我們此行的目的嗎？」

「怎、怎麼會忘了呢？當然是陪我親愛的小兔子來畫畫！」我拔高音說道。阿夕冷淡表示：果然忘了。

反正就是出來跟孩子們玩嘛，這點做母親的道理，我雖少根筋，卻是懂的。

「先別理媽了。小七，感應一下。」

七仙聽阿夕的話，愼重閉起雙目。我們家不求平安順利，但求大衰中的小衰，至少不要有血光之災。

「這裡雖是鄉野，但卻藏有許多與人緊密連繫的古物；祥瑞的珍寶有之，惡念橫生的邪物有之，它們既然能同處一屋簷下相安無事，我就不該隨意打擾它們的生活。」

通常大師做出這等判斷，就該甩著袖子離開，可是開車的人是阿夕，他的字典裡不存在「半途而廢」。

「小七，我爲了你，受了屬下的鳥氣，千里迢迢地載你和煩人的媽過來，你們兩個在車上睡得翻天覆地，我卻連喝水都要等紅燈。我勞心勞力把你完好無缺地帶來比賽會場，你竟然連個獎牌都沒拿到，就要我自認倒楣地回家？現在都幾點了？」

「今夕，你不要給小七壓力嘛！」我這個放浪形骸的母親，完全忘了大兒子求好心切的習性，字典裡也沒有「志在參加，不在得名」這種安慰話。要是小七落了榜，他可能會去大會翻桌，或是把兔子捉去煮掉。

所謂怪獸家長，說的就是自居兔子爸的大兒子。

「小七，沒關係，盡力就好。想當初胖子叔叔帶阿夕到高雄參加英語演講複賽，又去台北參加決賽，他們也是一路用英文從台灣頭罵到台灣尾，因而提升了國際競爭力。」

小七只是怯怯地問了句：「今夕哥第幾名？」

「他沒拿過優勝以外的名次。」我笑笑，忍不住得意。

兔子頓時壓力倍增。

「阿夕什麼獎都拿過，就是美術差了點，老師都說他用色太晦暗，不適合做為青春學生的參賽作品。所以你大哥知道你有繪畫方面的天分，就像生到金蛋，可是非常高興呢！」

阿夕溫柔地承認，轉眼之間，又變成首屈一指的馴獸師。

「那我會加油的。」小七就這麼被馴服了，於是我們一家繼續驅車前進，那棟坐落在山間的紅瓦大屋，已經離我們不遠。

□

阿夕得獎的心路歷程，差不多可以拍成紀錄片。他拿過的獎盃和獎牌，可以堆滿一個房間。事實上，小七的臥室，之前就是充滿阿夕榮耀的倉庫，後來那些金光閃閃的東西，被分配到我和阿夕的房間去。阿夕想要當資源回收丟棄，但我實在捨不得。

拿獎這種事，除了聰明才智以外，還需要一點好勝心。阿夕兩者兼備，能贏，他就絕不服輸。他從小學就鋒芒畢露，當他的老師抽不開身時，他就瞞著我，自己買車票、坐著火車噗噗到三個縣市外比賽。

他拿到第一個有名有實有獎金的冠軍時，台下並沒有人幫他喝采，然後自己扛著沉重的獎盃，默默地坐車回家。

我知道這件事以後，忍不住想，我家的孩子怎麼這麼命苦？

林小夕就這麼逞強到他踢到鐵板。一次比賽結束後，他到車站搭晚班車，卻被臥軌自盡的亡魂追著跑，要不是碰上看朋友畫展回來的總經理老大，我那晚等到的就會是寶貝兒子被捉交替的鮪魚塊。

當我開門，看到十年前無比帥氣的總經理老大，抱著累壞而睡熟的小夕夕，送回我失聯的兒子，當下我眞想抱著他老人家猛親，最後還是惦著生命危險而放棄。

他怕我遭人閒話，沒有進屋喝茶，只交代下次這種事，交給小王就好了。

「老大，你眞的不進來坐坐？」我接過今夕，捏捏失而復得的小臉蛋。

「不了，我要去找女人。」他曖昧一笑，我了然於心。

「小心點，別染上性病吶！」

總覺得總經理瞧著我家暖暖的鵝黃燈光不放，也想多拍幾下小夕夕細嫩的背脊，說不準還在車上和他合唱五零年代的老歌。阿夕當初會答應喊龐世傑一聲「爸」，有九成是看在總經理會變成他爺爺的份上，祖孫倆相當投緣。

「小萍，謝謝妳照顧這孩子。」總經理眼中露出溺死人的柔情，女人幾乎都抗拒不了，不愧是讓董事長巴著他西裝褲不放的大禍水。

我頭上冒出問號，但還是款款地笑道：「哪裡，這是我份內的事。」

從此，不管是不是要靠關係的競賽，阿夕總能用實力公平地拿下獎項。小七不懂其中的貓膩，當隻努力畫畫的乖兔兔就可以了。

一路欣賞淳樸風光到山腳大門，開始有華麗的轉折，出現了制服守衛來跟我們打照面。小七從畫袋裡拿出邀請函，並且在人家詢問之前，認眞地向白髮平頭的守衛伯伯介紹這是他的媽媽和哥哥，連熊寶貝也一併端上。

「你們一家人看起來感情很好。」守衛大叔爽朗地笑著，讓我心頭的那片烏雲瞬間轉成白色。既然這裡能讓工作的人露出笑容，應該沒有什麼千年詛咒還是百年冤魂在裡頭。

小七聽到大叔誇他的家很棒，也不動聲色地高興著。

綠漆的鐵門拉開，轎車又徐徐地往山上前進。

我知道東部產大理石，但是這種無懼酸雨，也堅持要用純白得沒有一小塊異質的大理石材鋪滿庭院停車坪的大戶，倒是第一次見到。

「油蠟筆……」小七低聲喃喃。我豁然開朗，眞的有像。

眼前的景象明顯被分成幾個區塊，院子是白色的，四周圍著常青的杉木，盡頭是木建的褐色大屋，磚瓦紅地一片，純粹的色彩之中還帶了點油亮的光澤，放眼望去就像小學生的蠟筆畫。

順道一提，我小學的畫作，每次都會加上螺旋狀的大便，可能是宇宙間的自然哲學在作怪。

夕陽西下，把院子灑成金黃色，我拉著小七轉圈，阿夕扛著行李和熊，愉快地來到宅子門口。

「叩叩，請問有人在家嗎？」

應門的是與我年歲相仿的中年婦女，穿著咖啡廳侍者常見的白衣黑圍裙，微胖，脂粉未施，唇角抿得死緊，似乎生活十分苦悶。

「我先生從山下打過電話，你們是參賽者吧？房間是最角落那間，弄完就快來飯廳吃飯，別讓所有人等你們一家。」

「都是妳吵著跟牛玩！」小七指責老母的不是，連阿夕也露出鄙夷的目光，只有小熊因爲和媽媽一起坐牛牛很高興，而站在我這一邊。

「妳怎麼任由小孩騎到頭上？」婦人咕噥著。我解釋家庭狀況複雜，但在大事上，他們還是會聽母親的話。

「並不會。」阿夕放冷槍，把我打腫臉的尊嚴拿去掃地。

「又不是自找死路。」小七一副不堪回首的樣子，說得像是過來人的經驗談。

這不禁讓我重新審視，媽媽在家裡的定位究竟是什麼？哭哭。

婦人一邊感慨家庭倫理式微，一邊問起阿夕是不是在演藝圈工作。

「我見過你，帥哥。」她篤定地說道。和她的冷臉不同，我認爲她胸口底下藏著一顆火熱的八卦心。

阿夕沒應聲，用他一貫的冷臉，沉默地面對各路粉絲。

婦人叫「金梅」，據她的撲克臉表示，她很不喜歡這個名字，像是給人服侍的小婢。果不其然，她從十八歲就從國外回來這個漂亮的油彩房子打理家務，舉凡洗衣、煮飯、招待客人，大小事全是她一手包。

金梅女士本來還想一臉不情願地領我們到廂房，但卻突然「啊」了一聲，對我們往前一比，然後就自個兒迅步地往右邊的螺旋梯跑上二樓。

「好奇怪的人。」說冷漠又有問必答，也不像生氣，只是有些心事重重。

「大姊，這世上就妳最沒資格說人奇怪。」

「什麼嘛，小七長得那麼可愛也很奇怪，還說媽媽奇怪！」經過婦人提醒，我要拿出母親的威嚴。「你十七歲都已經可愛得突破天際，要媽媽怎麼想像你七歲的白嫩模樣！小屁屁和小嘴巴媽媽都沒摸到，眞是太可惡了！」

「今夕哥，報警吧？」

「也是時候大義滅親了。」

最後，我還是認分道了歉，左右分別牽著鄙夷我的大小兒子，走在木板鋪的狹窄廊道，歡歡喜喜地來到底端的新房。

金梅沒給我們鑰匙，門也沒鎖，於是就這樣順利進入第一關——總統套房。

房間非常大，大得讓我懷疑他們是出借主人的主臥室給我們。家具走毛茸茸風，床鋪桌椅的稜角全被削成圓弧，再套上絨布材質的床單桌巾，黃綠藍三張單人沙發和紅白相間的皇帝尺寸大床，風鈴草造型的紫色掛燈，還有全室一黑到底的地毯，又是個色彩鮮明的布置。

「小七，這間比較像粉蠟筆，對不對？」

「嗯。」

不知道是哪位名家說過，純粹到極點就能造就出夢幻，這片世外桃源給了我一種身處夢境的感覺。

我跳去大床滾上兩圈，再起身，瀟灑梳理好凌亂的髮絲，再上點口紅，事不宜遲，去吃飯！

飯廳在地下室一樓，我們只要走出窄廊，再從金梅跑掉的螺旋梯對面反向走下去，就到了。沿路我的問號愈滾愈大，打開飯廳門前，終於讓我想到有什麼不對。

「畫咧？」

我們沿途是看了不少如畫的風景，但來到傳說中既多產又是蒐集古畫狂的畫家宅院，卻什麼都沒有，也太不合那本民宿型錄上面所介紹的，這要消基會情何以堪。

「這裡被『打掃』過了，就在我們上山之前。」小七摸著玉石外嵌的門把，試圖做出不嚇到老母的判斷。「沒有明顯惡意，但心頭總是不安穩。」

傷腦筋，但在事情明朗化之前，我也只能推著小七的肩膀進門，先飽餐一頓再說。

我想像過長餐桌和自助式吧台，沒想到卻是大紅色的圓形辦桌，氣氛還很不錯呢！

「這邊、這邊！」有一個和小七同年的女孩子，朝我們一家熱情揮手。那桌人坐了一半，正要動筷，看有人能補足空位，非常高興。

我愉悅地向女孩的家長們打招呼，分別是她的父母和爺爺、奶奶，另外還有兩個哥哥、姊姊在家裡顧房子。

阿夕、小七在我的左右邊坐下，小熊則是乖巧地待在阿夕左手邊的位子。小七身旁還有一個空位，那個女孩子就帶著碗筷，拉著白紗裙襬，熱情地坐到小七身邊。

「我是萱萱，你叫什麼名字？」

「林明朝。」小七頭低低地說。

我家的兔子被小可愛主動搭訕了，超害羞的啦！

「媽，收斂點。」阿夕側肘頂我肚子。我知道，只是這熱鬧不看會終生遺憾。

萱萱開朗地說：「我是來這邊參加競賽的，你也是嗎？」

「嗯。」

再熱絡一些，你可以的，兔兔。

「我小時候只是愛把卡通裡的人物畫出來，沒想到畫著畫著，會有這麼一天。你看，我爸媽他們還特地到百貨公司買新裙子給我。」

小七很小聲地回應：「我媽媽也買新外套給我。」

萱萱仔細一瞧，才發現小七純白外套的玄機。

「啊，帽子上竟然有兔耳朵，好可愛！」

「不可愛啦，又不像妳是女孩子。」

「小朝，這眞的眞的很可愛，沒有任何冒犯的意思，你一定要相信我，然後可以把帽套戴給我看嗎？」

小七向我們使眼色，可是我和阿夕都挺想看他戴上的。

「那麼，我就……」小七赴死般地拉上帽子，頓時我和萱萱都尖叫地抱住他。「啊啊，不要亂抱！大哥救我！」

騷擾完兔子，我們才開始享用美食。

「抱歉，小萱就是這樣，人來瘋。之前學校還有男生爲她打架，她卻不認識那兩個自以爲是她男朋友的學長。」

萱萱母親舉了個傷腦筋的例子，而且很可能不是第一次發生這種事。

「我喜歡像明朝哥哥這型的男人。」萱萱直率地說道，一根腸子通到底。「我也想去唸明朝的附中，就在那一位的大學旁。要論全台最迷人的大學偶像，莫過於林今夕陛下。」

小七吃第三碗的速度明顯慢下，阿夕拍拍他的頭，叫他繼續吃。

「耶？眞的有那麼帥嗎？」我故意驚嘆，兒子則都一臉嫌棄我無聊。

「沒錯。」安靜的萱萱奶奶，突然害羞地做了評價。

萱萱特地翻出她的車票夾，把一張阿夕打籃球擦汗的遠照給我鑑定。

「還眞是個帥哥啊！」我故意對著眞人林今夕讚嘆。他白了我一眼，還是剝了蝦子給我。

之後還有其他參賽者來我們這桌打招呼，我也拉著小七去和別人乾杯麥茶。總共有十五名參賽者，來自各地高中職，都不到十八歲。我還發現，小七的對手們不論來自都市還是鄉野，科班或是非科班，他們與他們家長都有一種共同的感覺，叫作「質樸」。

小七也是，沒有比我寶貝還適合那個詞了。

我還想到另一件事，每個來比賽的小朋友，都帶著一大批親友應援團助陣，要是當初放小七一個人來，他能在別人憐憫的眼光下吃光五碗米糕加炒麵嗎？

吃飽喝足之後，萱萱看小七投緣，過來給他開戰前的打氣。

「我一定會拿下沈夢溪學徒的位子，你也要加油喔！」

大伙吃得那麼盡興，和樂融融又沒發生謀殺案，我就猜到其中有鬼。

「小萱，等一下，什麼沈夢溪的學徒？」

「你們不知道嗎？」萱萱和所有聽到的人，都朝我們這一家人張大嘴。「比賽優勝者可以拜在沈夢溪門下，從此不愁吃穿，盡情學畫畫，每個月還會撥給家裡一大筆的生活費，我可是爲長久日子的名利而來。」

小七略略往某老師忙著相親的西邊望去，說：「我不知道，蘇老師沒說。」

蘇老師是故意的嗎？還是撲攏共幫小七報錯比賽？阿夕打電話確認，卻收不到訊號。

這時一名和金梅同樣裝扮的高挑女子，來飯廳轉達大會報告，請大家往地下二樓大廳移動，宣布明日的比賽事項。不一會兒，飯廳就只剩下我們一家子。

金梅剛好從電梯出來，推著小車要來收拾餐桌，順便催促我們下去。

「我說，金女士，沈大師眞的要選弟子嗎？」

「我不姓金，這家子全姓沈。妳要是覺得不好認，金女士就金女士吧。」金梅俐落地整理起桌面，小七過去幫忙，她沒拒絕，不過唇抿得更緊。「老爺就是這樣，十幾年來要拜他爲師的畫家不知道有多少，偏偏叫我們去物色學藝未精的小孩，最好有辦法自己生活，又沒沾染上世俗的少年、少女，隨便挑挑就十四個，還有一個是補進來的，老爺很中意。」

這大師好邪惡，弄得滿屋子童男、童女，害我心花怒放。

「能不能透露你們是怎麼選人的？」

「去參觀各學校的暑假作業。」金梅說起這件事，就一肚子火。

「要是學校沒作業，或是剛好不用畫畫呢？」

「那就算了，沒緣。」金梅回過神來時，小七已經把碗盤收拾好，讓她少彎好幾次腰。

「小弟，你要是不學畫畫，也能來這個家打雜。」

看金女士這麼中意小七，我不知道怎麼開口解釋那是我們家的放養兔子，玩賞用，非賣品。

「開玩笑的，我哪有資格要神子幹活。」

金梅推著車子，叮叮咚咚地離開，臨行之間還看了阿夕一眼，意味深長。我愈來愈有種被釣上船的感覺，默默哀悼了一下即將逝去的美好假期。

「毛明明很黑，她是怎麼認出來的？」

我去揉小七的頭髮，著實納悶。

「我說不定有來過這裡。」小七環視四周，口氣不太有把握。「那時候我被咒鎖在公墓，但是有人出天價要我治病，朱逸就把我關進神龕裡，下藥讓我無法視物行走，然後遠赴外鄉去救一個性命垂危的老人。老人老來得子，又喪妻，很捨不得丟下天生殘障的幼子，希望我延長他的年壽。」

「他捨不得他小孩，那誰來救我家的小七？」

「大姊，過去的都過去了，妳不要這樣。」小七呼出長息，不准我捏他的臉緩和心神。「他本來要送畫給我，可是我那時候看不見，只好作罷。這麼想來，那個老人應該是名畫家。」

「你眞的延了他的壽命？」阿夕留意的地方和我不同，實事求是。

「他蒐羅的寶物之中，的確有一樣東西能借命，但用了就會失去輪迴的機會。他只求我替他完成已經失傳的儀式。」

可是憑我家兔子的個性，就算他虛弱得站不起來，也不可能坐視心疼幼子的老頭子翹辮子。

「你插手了，是吧？」

「我替人收過許多囝魂，很多都是因爲生理障礙而被父母放棄出世的機會。老人卻不在乎殘缺，很寶貝他的小孩，看得比性命還重。我不忍心，於是瞞過妖物，幫他付了代價。」

「笨蛋。」阿夕淡淡數落。「你會害我賠錢，快改過來。」

我對小七那張傻臉笑了笑，說：「你大哥是心疼你，小呆兔。來來，牽手去集合，大伙說不定都在等我們家呢！」

「大姊，我想留下來調查，妳和大哥明早先帶熊仔離開。」小七考慮完，決定把他的媽媽、兄弟趕得遠遠的。

「可是媽媽好想看小七比賽的樣子。」此行的目的從來沒有變過，就是想參與以前來不及陪伴他的成長過程。

「那麼，你們不要離我太遠。」小七伸手把我和阿夕抓得牢緊，一道往樓下大廳，繼續挑戰第三關。

我在小七背後向阿夕眨眼。當被小七握住手的那刻，我也反手把他的指頭包到手心裡。我和這個宅子的大畫家一樣，都視不平凡的幼子為寶貝。

地下二樓的活動空間比飯廳再小一些，像是小型舞台，下面放置著三人座的長椅，左右各十二排，剛好把大家塞進去。可能也因為人數剛好，坐不下其他的活動人員，在場除了剛才招呼眾人的高挑女子之外，就沒有別人了。

主持人見到我們，趕緊叫我們往前排位子坐好；她才剛說完東部風光，還沒到比賽項目。

「我是阿菊，明天賽場的負責人是我，有什麼問題都能來找我。」女子又向我們自我介紹了一遍，看樣子是個一板一眼的能幹角色。

「請問，能不能見到沈夢溪大師？」萱萱起身舉手。阿菊臉色一黯，向唐突的女孩搖頭。

「老爺子今年已屆九十，身體不適，沒辦法列席。」

「哎呀，那我非得拿第一名，不然沈夢溪大師沒時間教徒弟啦！」

「萱萱！」萱母把女兒喊下，小萱也意識到說錯什麼，窘得坐回原位。

阿菊深吸口氣，繼續說明流程。

「比賽題目爲人物畫，除了電腦繪圖，不限工具。時間從日出到日落，我們會一早把模特兒準備好。」

「耶！」後方傳來萱萱的歡呼聲，人物畫似乎是她的強項。有的選手皺起眉，有的則擺出大難臨頭的慘臉。

轉頭看看身旁的小七，他只是眨了下眼，根本什麼也沒想。

「會場在二樓的畫室。請注意，不要打開二樓其他房間的門，否則我不保證你們能平安離開這裡。」

台下一片譁然，不過從我這個距離看向阿菊的眼，就知道她不是在說笑。

「大姊，聽到了嗎？」

「小七，那個幹練的姊姊是在警告你們這些小孩子，不包括媽媽。」

「不，也包括家長。」阿菊嚴肅的臉孔轉來。嘖，連第一次見面的美人也不信任我，我受傷了。「舟車勞頓，各位請在房間裡好好休息，本區有門禁，現在已經不能外出了。梅蘭竹菊四廳都有交誼室，有準備茶水和點心，不夠請撥室內電話至總機，有專人服務。」

我舉手，請問我家是四君子的哪一個？

「妳家是空出來的主臥室。很抱歉，床位不夠，等下梅姊會拿床墊和棉被過去。」

阿菊宣布散會，萱家在竹廳，萱萱得知不能跨廳亂跑之後，還特地來和小七說晚安。

「我明天就要換便服畫畫了，你再多看我兩眼嘛！」

「人可愛，穿什麼都可愛啦！快回去妳家那邊，晚安！」

小萱萱笑咪咪地向我們道別，小七回頭面對賊笑的母親，直罵我無聊，但他吸引可愛小女生的能耐無可否認，還有，他那句話也可以套用到他自己身上。

走回總統套房，角落已經安置好另一張小床，茶几還放著熱茶、小餅乾，服務周到，真像抽獎來度假，而且除了油錢，費用全免。

就在覺得好幸運的當下，也有正事需要思索。

「兔子，如果你贏了，要留下來做大師的徒弟嗎？」我咬著滿口餅乾說。阿夕正幫我倒茶。

「我師父是我唯一的師父。」小七端正坐直。相對於我沒規矩的坐姿，可見他有好多慢慢浮現的好習慣都不是我教的。「我還是會盡力去畫，才不會辜負大家的期望。」

「小七，這麼說好了，人對人難免會有一些期待，但人對兔子不會想那麼多。」

「看妳正經起來，還以爲要說什麼，結果還是屁話一堆！」

我哎哎嘆息，被拱去洗澡。等我出來，阿夕看住我，換小七洗。小七洗完，監守人換成兔子，阿夕大美男才去洗澎澎。

「你們究竟把媽媽當成什麼？」

「變態和大變態，二選一。」小七嚴肅地說道。我哭哭，不都是變態嗎？

小七要為明天的比賽練習，我就目送他到桌子那邊調顏料。熊寶貝一湊過去，小七就得照顧小熊，省得小熊沾到水彩，被阿夕抓去洗爪子，還得掛在陽台晾乾。沒多久，又變成兔子哥哥和熊弟弟畫畫的幼教時間。

小七在家裡，總會被我們害得分心，沒辦法專心潛修。我有時候會感到一絲絲歉疚，也會想這個幽靜的宅院，說不定對他是較好的環境，但一切都是想想而已，小七可是登記在我名下的寶貝。

這個念頭在阿夕出浴的時候，就被扔到一邊去，只見阿夕垂著濕潤的髮，沒戴眼鏡，裸著上身，僅有一件貼身牛仔褲勾勒出修長優美的下半身，低眸走來床邊。他眸色偏灰，燈光映著，些些泛起銀色的波光。

我目不轉睛地看著這等絕世美景，說：「要媽媽幫你吹頭髮嗎？」

他沒說話，看得出來疲倦，安靜地跪坐上床，溫馴地躺進我懷中。

林今夕啊林今夕，你已經多少年沒這麼乖過？

我把吹風機當手槍，子戰上膛，給兒子烘頭毛。他躺沒多久就睡了，我還眞是他安眠的特效藥。

我目光流連阿夕的睡容一會兒，轉頭關心小兒子們的進度，意外撞上小七的目光。我溫柔一笑，他卻立刻低下頭，一副作賊心虛，想要藏起什麼的模樣。

「小七。」我喚道，做出一個搔下巴的手勢。

他氣得吼我變態，又不敢太大聲。我忍不住笑了，實在是好喜歡他。

□

半夜醒來，我模糊地想著，似乎被阿夕算計了。對他來說，我是鎮定劑；相同地，抱著林今夕這個個體十分鐘就能入睡，也是我數年前的習慣，神經中樞記得很熟，而這次也一樣栽在他身上。

旁邊睡著小七和小熊，看睡姿，應該是從小床被阿夕抱來橫放在大床上。小七的兩隻小兔爪又握成拳頭放在嘴邊，太可愛了，忍不住先蹭個兩下再回來釐清案情。

首先，月黑風高的，阿夕到底跑到哪裡去了？

再來，這個好適合發生謀殺案的世外別莊，出了什麼問題？

最後，我該怎麼說服小七不管事，專心畫他的畫？

我下床來回尋思，還要克制自己不准往熟睡的小兒子撲上去。前兩者都需要號稱福爾摩斯再世的我去查探，而最後一個還得靠合理的欺騙。

古人說，兔子可以欺之以方。意思是，對於人的心思只會正向思考的白兔子，當你編織出來的說法合情合理時，他就不會懷疑其眞實性。

我從他的畫袋裡抽出紅色顏料，塞進自己的裙袋，然後留紙條告訴他：媽媽半夜尿尿，不小心打翻他的顏料，把紅色給踩爆了，哭著拜託他大哥帶媽媽下山買新的給他，一定會及時趕回來，小七加油，冠軍兔！

直到天色微亮，我才放下紙條，躡手躡腳地出了總統套房。

到地下室巡過一遍，確定沒有影子。雖然四廳客房還沒打交道，不過怎麼想，最可疑的地點還是二樓。

我一上樓，就再也不覺得一樓和地下室的格局奇怪了。那本僞民宿介紹拍的都是局部的相片，表現不出整體的奧妙。

二樓很大，一樓消失的空間全用在二樓上頭。各方隔間漆上不同顏色，涇渭分明，連我這個訪客都不會搞混。

「這次是水彩啊……」

眞的很像，從庭院開始，每個視角都像小孩子的畫作。去除給外人活動的地下室，鮮艷的色彩佔據了整棟屋子。如果房子主人不是偏執狂，就是另有非要把空間漆成紅橙黃綠的理由。

神子的奇蹟、年邁的畫家、消失的畫作、殘缺的幼子……我正想著，肩膀被人拍了兩下，轉過頭，是白天在田邊遇上的水牛哥。

「竹子大哥，你也住這裡喔？」

男人頷首，粗壯的身形阻隔了我亂瞄的視線，有意阻擋我深入二樓。

不去就不去，哈啦一下總行了吧？

「金梅大姊、你，和阿菊小妹，這裡有蘭花嗎？」

「阿蘭患病，幾個月前，走了。」

「失禮了。」眼下我的種種行徑，不客氣一點的人家早就把我攆出門了。我卻死皮賴臉，既然有人在，當然向人直接問清楚最好。「大哥，這麼早，你是要去巡田水嘸？」

沈竹子搖頭：「老爺子生病，起來看他還有沒有呼吸。」

他說的是實話，也讓我想起爺爺重病那時，深怕失去至親的辛酸。

「你空出時間讓我們玩牛，金梅又特地來接待我們，是因爲你們面冷心善，還是感念神子恩情？」

「林小姐，奉勸妳不要管閒事。」竹子兄還是一張悶臉，沒有生氣，而是心事有口難言。「我們到現在依然悔恨，早知道就不該讓神子插手爲老爺子延壽。人總是愈做愈錯，爲什麼不順其自然？」

自然是什麼？當家裡人病了，直接白布一蓋，在旁邊唸著高尚的經文，祝禱他早日上西天？小孩被外人欺侮，大度地開解他這是上輩子註定好的因果？或是在家等著姻緣自己來敲門，害怕敞開心扉，卻推託說了句「順其自然」？

除了吃喝拉撒，人的每個動念都是「意」，不論選擇維持現狀，還是力挽狂瀾，都是出自人心的決定，結果是好是壞，都得承擔下來。

好比我逆天養了三個寶貝，當災厄來臨，我絕不會說早知道就別養夕夕和七七兔子，要轟雷還是下冰雹砸我，儘管來吧！

「別看我纖弱嬌美，其實我脊椎有幾截天生裝反了，很喜歡和天意唱反調。」

「小姐，妳還是及早開刀把骨頭矯正回去。」

沒想到竹子兄悶雖悶，笑話講得還不錯嘛！

他一頭壯牛擋著，我只能摸著鼻子，在他的監視下無奈地離去，卻在下螺旋梯時一個拐彎，躲進他視線死角。

這個家明顯人手不足，沒有人接替竹子兄的班，他站了一陣子，也就回房休息了。我脫下鞋子，拎在手上，神偷之萍二度闖關。

二樓廳房，每間都有各自的主題，我總計試開了星空、花園、大海等十多個展室，全部鎖得密不透風，不禁讓神偷手感到一絲挫敗。

期間還差點撞上瞇著眼出來準備早膳的金梅，幸好我躲得快。就這樣讓我摸索到二樓的盡頭，位置差不多是主臥室上方，左右分別是黑色與白色，也就是所有收藏品中讓阿夕最感興趣的地獄與天堂。

無比幸運地，「天堂」的門沒關，微光朦朧，我把眼往門縫裡鑽，確認沒有人把關，再探進一顆頭。畫作安裝有感應式光源，我從左邊開始，負手賞畫——幾張繪本似的彩色鉛筆畫，把甜美的天上世界組合起來，小天使們飄在雲端之上，彈著豎琴，開心唱歌。

那麼多可愛的小朋友，眞是誘使人好好地努力上天堂，各個宗教團體應該多往這個方向宣導，會大大提升我這類優秀人士奉獻信仰的動力。

下一張畫的是飄浮於藍天的羽毛。老實說，我不懂畫，只憑著最原始的直覺欣賞。第一眼覺得那根羽毛眞白，好漂亮，後來總覺得有點不大對勁，白羽毛栩栩如生，全然地仿眞，根梢卻勾勒出一點鮮紅，像是剛從某個溫熱的生物體強硬拔除，美麗依舊，卻是殘酷的美感。

這讓我有了心理準備迎接藝術家的神經病，再看向另一幅油彩畫。許多小人們從聳天大樹爬向天頂，儘管雷電交加、狂風大作，仍是前仆後繼，人們不停地墜落，成了登天的獻祭——永生的殿堂哪是凡夫俗子能踏足之處？

我看得有點暈眩，來到三面展牆的最後一面，燈光亮起，霎時間，我克制不住發顫的四肢，眼睛瞬也不瞬地望著這幅直接繪於壁上的巨作。

精美非凡的金製龕籠，囚著一名金衣裳的孩子，純白的髮，白得近乎透明的臉孔、四肢，連唇瓣也毫無血色，就像那根白羽毛，唯有那雙異色眼瞳，不合群地強睜著，滲出點點血淚。

我走近，去握那孩子從牢籠伸出來、瘦弱異常的小手。

「小七……」

這畫一點也不美，醜死了。

難得我會想打退堂鼓，想要下樓衝回客房，用力把小兒子抱進懷裡，但我還是抬起腳步，離開「天堂」，往「地獄」邁進。

我站定在黑色隔室前，不是說地獄無門嗎？連續三道鐵門是怎麼回事？敲門也沒人理我。左轉右轉，我沒有開鎖的犯罪型絕技，也不像小七能穿門而過，只能打量周遭環境，看能不能得到破關的契機。

地獄和天堂隔著廊道，位於二樓最東側，而走廊尾端有個靠山壁的小陽台，我走到很適合觀賞峭壁之美的陽台，往左手邊探去，發現窗戶半掩，而且離陽台只有一條腿的距離。

我盡量不去看底下的懸崖，也不去想這次出門有沒有投保，雙手攀著陽台扶手，光著腳跨過欄杆，用腳尖去勾窗台。

老娘全身上下最得意的就是這雙長腿，我勾到了！

再來就有些技術上的難度，沒有立志投身特技表演的朋友們請不要模仿。我在另一隻腿也伸入窗台固定的時候，同時放開手，憑著過人的腰力，把被重力吸引的頭胸部往上撐，千鈞一髮之際抓住窗框，完成跨世紀的演出。

我探進上半身，對這個房間的第一個印象，就是渾然的黑暗，相對於天堂繪出神子的那面牆上，只有一雙眸子，深藏於掩蓋所有色彩的黑色中，卻不容忽視。

「阿夕？」傳說中大師的房子，集滿我的大小兒子，我該感到榮幸嗎？「臭小子，你又跑到哪裡去了？從來都是媽媽嚇得你團團轉，你怎麼可以讓我擔心？」

我不由得靠近，不料身為「地獄」的展廳，卻突然大亮起來，旁邊傳來低呼。我轉頭過去，剛才太黑，竟然沒發現到房間裡還有別人在。

「別過去！」

那人在沒有光線的暗房畫畫，起身往我這邊急奔，因此弄倒了畫架和顏料。他的語調相當特別，咬字不大清晰，像是牙牙學語的幼兒，但話中的慌亂任誰都聽得出來。

我總算找出這房子的關鍵人物之一，沒見到病重的沈夢溪大師，至少撞見這棟金屋急欲藏起的阿嬌。

當初老人奮不顧身想要保護的幼子，算起來應不超過二十歲，但是阿菊一千人等全都超齡了。阿夕看了全家福，才堅持過來一趟，從金梅到阿菊，他都見到了，只剩照片裡躲在老人身後、半掩面容的少年。

小七幫忙付了什麼代價？沈家出了什麼事？你和阿夕是什麼關係？至少讓我問個一題。但他抓到我衣襬之前，我就莫名地被一股強大的吸力，像是掉落沖水馬桶的硬幣，給攪入完全的黑暗之中。

□

每次撞到頭，我都會問自己三加四等於多少？

「唔，等於兔子……」我扶著昏沉沉的腦袋，讓不停冒出金星的雙眼好好審視被捉來什麼地方。

沒有鐵欄杆，也沒有鞭子、蠟油，我一屁股泥巴地坐在鄉間小路上，乍看之下是美好的農村風光，但身在其中卻能明顯觸摸到它的不尋常。

有三個等級可以說明我所處的情境：不妙、很不妙，大大不妙。尤其當我發現想把屁股上的泥水抹掉，卻抹到一手褐色水彩的時候。

這片栩栩如生的風景，不是眞實，而是「畫」上去的。

歡迎來到異世界成爲魔法少女，愛與和平的中年婦女，太陽系第三行星代表，萍萍仙子！不不，中式一點，林之萍書生一定要找出不知道在哪裡偷笑的倩女幽魂，要調皮的小倩變三個小童給我抱抱蹭蹭，再送我回現實人間。

我縝密的思緒轉過一輪，卻遍尋不著良策，這時，身後傳來長長的哞叫聲。

啊，是牛哞哞，以前地主家也有養，不過我偏心大黃狗狗，使得小萍兒和牛哞哞漸行漸遠。

我摸著牛脖子，同樣沾上灰色的顏料，看來連生物也是創作出來的圖樣。我小時候偷摘過人家的芭樂，長大後也要履行俗語，把牛牽去自用時，水牛後的車架傳來少年的聲音。

「咦，這畫裡什麼時候有女人？」

他拿開遮臉的斗笠，從悠閒的臥姿坐起身。因爲牛太吸引我，所以我沒發現到車上還有載人。他穿著古時讀書人的青衫，及胸的長髮在肩上紮成一束馬尾，就男性來說，眼睛偏大，眼尾微勾，眼波流轉，是標準的桃花眼。

與剛才金屋藏著的「阿嬌」十分神似，害我以爲是同一個傢伙，可是剛才的少年阿嬌頭髮只到頸邊，而且聲音不一樣，他的發音和常人無異。

「嘿，雖然有點突兀，但我們能在鳥不生蛋的地方相遇，就是緣分。」他開朗地說道，我連聲應著「是啊」，被美色栓上鼻環。「美麗的小姑娘，請妳當我的裸體模特兒。」

「脫光的那種嗎？」

「是的，脫得一絲不掛的那種。爲了尊重，我也會陪妳一起脫的。」少年朝我一個勾手，變態中又不失紳士風度。

怎麼有種臭味相投又相見恨晚的感覺？林之萍，清醒點，不可以被長得像美少年的變態同化。

「我兒子管我很嚴，抱歉。」我遺憾地拒絕後，想起初次見面該有的開場白。「不好意思，請問這裡是什麼地方？你又是什麼人？」

少年笑了下，頓時與這片繪出的美景區隔開來，他的確是活著的「人」。

「大哉問呀，先上車吧？在同個點待太久會陷進油墨裡，而且讓美女枯等我，可折煞我這個老頭子。」

他驅動牛車，不等我回應就屈身抱我上車，加快車速，讓我有種誤上賊船或是被搶親的錯覺。

「身材不錯，這個曲線讓我眞想把妳納爲四老婆。請問芳名？」

「林之萍。」稻草坐起來像棉花般軟，好奇怪，害我的屁屁不禁扭來扭去。

「之萍、之萍，我二女兒的名字和妳相似，叫芝蘭。她也是個美人胚子，只是不怎麼好命。」

我搔搔頭髮，不知道該不該接話，說我大兒子的生母也叫芝蘭。

「等等，手抬高，別動。」他突然雙眼圓睜，從懷中拿出毛筆，貼住我散亂的髮尾，順著往下畫，直到我腰際。「妳長髮很美，我喜歡。」

等他停筆，我才輕甩頭毛，真的一口氣長到腰間，而且柔順得像是有小精靈保養過。

「這個魔法好厲害！」

「只是牛刀小試。」他將畫筆收回懷中，兩隻手兜在袖子裡。「歡迎來到『畫中天』，專為圖畫而生的異世。」

我用力眨眼睛，想藉此消耗昨天晚餐的熱量，以消化這個霹靂消息。真讓我穿越到異世界了嗎？那我也只能勉為其難地當上拯救世界的勇者。

「等等，我畫個眉毛。」他拿出畫筆中的小楷，細細地給我的眉頭上色。「我因為喜好古物，常和形形色色的人接觸，總會耳聞人世以外的事情。」

「如果以人間為基準，天庭為上，地府為下，統稱『三界』。而夾雜在三界之中，還有許許多多非神非鬼非人的生命，統稱『異世』；人又把異世居民泛指為『妖』，我爺倒是比較喜歡喚作『小精靈』。」我順口接話，害對方眼影畫到一半，不由得停下動作打量我。

「之萍小妹，妳知道我在想什麼嗎？」

「我猜猜：『這女人不只裸體好看，又見識廣博，不用想了，勇敢地續弦吧！』」

「正確答案，妳願意嫁給我嗎？」

「不了，我兒子要是知道我又做球給男人更進一步，會發生社會刑案的。」

我們爲彼此的心有靈犀相視而笑，好一會兒才回神面對夢幻中的現實，他則是繼續把眼影塗完。

異世成形的原因有百百種，爺給我舉了個常見的例子。時間的長度會讓徒有形體之物蓄積足夠的能量成靈，存在於人間的實體稱爲物之形，相對於形體，物的靈魄便屬於陽世另一端的虛幻之世。再累積更多時間、更多同伴，便有足夠的力量形成這種物質獨特的空間。

像是某些植物因人的需求而成爲藥，藥的本質和純粹的植物區隔開來，那些長久記在本草上的藥草，便有了自己在幻世的國度，稱爲「諸藥之國」；我還聽過異世存在著能讓生物活絡的水之源頭，叫作「桃源」。

照美少年所說的，這地方是畫的異世，我不小心闖了進來。

「唔，請問有大魔王嗎？」我是指眞正的魔王，不是我大兒子。

「沒有，大妖不太喜歡顏料的味道，也就沒有結夥搶劫的打算。」他指尖沾了一點嫣紅，以手指爲筆，直接往我唇上抹胭脂。

「很平靜呀！」看來，沒有勇者出場的必要。

「可就因爲它們是純粹的物，沒有生靈，當畫作的靈魄無可避免地有了毀損，卻沒有辦法自己修補，所以它們長期以來，總尋尋覓覓人間有沒有畫家可以騙進來，但不是它們太挑，就是被術士發現，當成壞妖怪封印起來。」

前頭的水牛突然哞哞地長叫一聲，少年就像個老朋友般地回話。

「說你們壞還不承認，難道說成笨蛋妖怪會比較好嗎？」

少年繼續向我解釋，我更認眞傾聽，心想他不知道一個人被關在這裡多久，卻還能閒適地面對這個世界。

「它們的洞口輾轉變化到我的收藏裡，成天託夢要我進來畫畫補丁，代價是可以違反常理，許一個願望。我年輕時根本不把它當一回事，整天顧著工作，直到老了，才發現我有那麼多捨不得的東西。我娶過三個老婆，大老婆生了兩個女兒就車禍過世，二老婆生了一子一女後也肝病走了；小老婆難產，只留給我高麗菜。我八十多，高麗菜才十歲。」

說到這裡，我也差不多明白畫家少年的眞實身分了。

「高麗菜天生聽不見，阿梅又不喜歡他，說他是災星轉牛，是『鬼子』，才會害阿蘭母子倆遭遇那種事。我只能把他帶在身邊看著，我到畫室工作，他就跟著拿筆亂撇。大約十年前，我大限已至，然而我實在沒辦法告訴年幼的他說：『爸爸以後不能再陪你畫畫了』……」

「於是你就重金請神子駕臨貴府，是嗎？沈夢溪大師。」

「之萍小妹，妳怎麼突然發出像母獸咆哮般的話語？」沈夢溪單手支著右頰微笑，沒發覺自己犯上林家的大忌。「這是『畫』教我的撇步，神子能穩定所有空間之間的不安定性，我沒有圖他什麼，只是請他坐鎮完成我和畫中天的交易。」

「你害他像個牲畜被關進籠子裡，還被下毒，看他這麼可憐，也沒幫忙救他出來，混蛋東西！」枉費我還一度以爲他是好男人，但對我家小七見死不救就是大壞蛋。

「這是遷怒啊！我那時候快死了，心心念念都是高麗菜，哪管得著別人家孩子的死活？妳別生氣，妝花了就不好看了。」

就像沈老爺子憐惜高麗菜，林之萍也是滿腦子小白兔，冷靜不了。

「爲什麼時至今日，你們又設計要神子過來？」

沈夢溪看向我，一臉愕然。

「我已經失去意識半年了，中途醒來只記得交代給高麗菜找個玩伴，沒提到神子。我知道他當初想代替我，到畫之世服役，但這畢竟是我該負的責任，與神子無關。」

「你的子女以你的名義，對外宣稱沈夢溪要找傳人，拐了十五個可愛的少男、少女過來，包括我的小孩。」

本來以爲他會震怒，駕著牛車過河到人間，教訓欺騙世人的不肖兒女，但他只是偏過頭發了會兒呆，比我這個外人更了解小孩們在想什麼。

「他們不小心選到神子了？」

我嚴肅地點點頭，老娘半夜放棄白兔在懷（現在回想，阿夕真是太奸了），就是爲了確認主辦單位對我家小七懷得是什麼不良心思。

「應該……只是剛好……看中他的暑假作業吧？」沈夢溪對板起臉孔的我，小心翼翼地陪著笑臉。「高麗菜沒上過學，他的姊姊哥哥可能順便藉此選拔會，帶他去各地遊覽高中校園。」

想到他們千辛萬苦籌畫出這場比賽，一家人風塵僕僕地環了島；又想到我們家因此有機會一起出遊，我的惡婆娘口氣稍微緩下。

沈夢溪往身旁的葫蘆沾點水，往我耳畔畫了彩蝶做髮飾。

「我那群囝仔，一直說以永世不得超生換取十年壽命很不值得，可是這段時間，高麗菜學會照料自己了，阿梅也願意把他當成自己的孩子，我這一世的遺憾也就了結了，我很滿足。」

他的樣子讓我想起爺爺離開那時。我爺一直輕拍著我的手，哄到孫女入眠，趁我閉上眼，才撒手到另一個世界休息。

沒有遺憾的人，眞令人羨慕。

「我要回去了，請公子送我一程。」我低身一揖，不想再貪圖美景。

「這麼早？」

不早了，小七的比賽待吃完早餐就開打，我要趕去加油才行。

沈夢溪略略露出遺憾的神情，拿起身旁的甘蔗尾，往前晃晃，和水牛交涉。水牛哞哞地搖首拒絕，怕沈夢溪跟我一起逃了。

「你們這些沒腦袋的圖畫紙，把人家小姐捉進來還不讓人走，流氓都比你們高尚！」

我彷彿聽見風景發出紙張摩挲的沙沙聲：明明是這女人自己跳進來的！

好傷心，沒辦法否認。就算出去，大概也要被警察先生以侵入罪逮捕到案吧。

「我先連結不同的畫作，帶妳去看家裡發生的事。」沈夢溪右手抬高，前方十尺處隨即出現垂直地面的彩色漩渦；水牛俯身下來，前腳不時地扒動泥土，預備衝刺。

一聽見可以看到小孩，我就諂媚地笑了開來。他的眼睛亮了亮，捧住我的右頰。

「妳今年多少？」

「三十九。」

「我八十九，如果妳願意，我會疼妳一生一世。」

和剛才的玩笑話不一樣，他是誠心誠意要畫個鑽戒給我，有點浪漫，也因為現實世界感情債太多，這個地方相當適合逃避，讓我有點心動。

「對不起，我有喜歡的人了。」

要嫁的話，非君莫屬；但如果純粹用愛來算，結果很糟糕，不過我還是會和他相守一輩子。然而，再把我的小寶貝放進籃子裡，那些男女之情就變得毫無輕重可言。對我來說，沒有什麼比一個完整的家還要重要了。

沈大師還是摸著我的臉，但斂去了愛戀的意味。

「不要太勉強自己，像我的老婆們，就是太刻苦耐勞，才會那麼早死。」

穿過漩渦的車駕一震，等我的眼睛能重新聚焦時，已經落在山邊的松上，底下是千尺瀑布，意境很好，可以遠觀欣賞，可是身臨其境，而且落足點很差的時候，可就一點也不有趣了。

「之萍小妹，走彩虹過來！」

什麼彩虹？我附近只有不停濺上來的灰色泉水，以及七層灰階的拱橋，沈夢溪和他的牛就在拱橋的另一邊。

他朝我大喊：「看起來像眞的，其實是假的，不會摔死人，不要怕！」

我抱著雙腿，瑟瑟發抖個三秒，還是起身往前，自勉說只要前進就能見到小白兔子。

「看起來，比賽開始了。」沈夢溪往他那邊的石縫一探。「那個阿梅中意的女孩子也來了，還挽著一個嬌小的男孩子。嗯，怎麼有點面熟？」

聽到「嬌小」，就可以連到「小七」，爲了兔子，我把懼高症扔到一邊去，全力衝刺。

「眞可愛，還揹著一隻小灰熊。」沈大師不幫忙，還刺激愛子心切的母親。

「是我兒子，都是我兒子！」我激動難耐，不容許錯過任何一個讓中年婦女尖叫的毛茸茸畫面。

七色灰階橋目測有三百公尺，高度一千五，我半跑半滑壘，在半分鐘之內達陣，之後就是趕忙把頭擠到石縫裡，收看比賽的實況轉播。

畫中的視野比我想像中的來得廣闊，可以從我這邊看到小男生們的石門水庫有沒有關好。十五名參賽者陸續進場，頭低低的小七，離我好近。

他們比賽的場地是紅色的展廳，主題是「喜事」。我看了題目，心頭有些忐忑。阿菊向大家道歉延遲了一些時間，因爲模特兒裝扮起來實在很費時。然後竹子兄扛了模特兒人偶進來，小朋友們不由得低叫，是個鳳冠霞帔的新娘子。

我不由得變了臉色，這麼紅艷的題目，我卻剛好拿走小七的紅色顏料。

參賽者已經摩拳擦掌，迫不及待要將美人的身影染上畫布，小七卻輕嘆著氣，從畫袋裡拿出用具，再把小熊放進畫袋裡，摸耳朵安撫。最後，他只抽出墨條，細細地磨出稠亮的墨水。

「除非他畫技大勝其他人，不然這個爲了看出畫者色感的題目，黑白畫很難取勝。」沈大師的說明，更讓壞了兒子好事的媽媽想要大哭。

小七始終輕皺著眉，他不是在意勝負，而是擔心遲遲未歸的母兄。

才幾下子，萱萱的畫紙已有一輪纖影，沈夢溪讚她快手。小萱喘口氣，環視眾人，目光不偏不倚地停在小七身上。

她拿起畫板和畫具，坐到小七旁邊的空位。

小七很專心，以致沒注意到萱萱。萱萱也沒說話，很溫柔地望著他的側臉，直到小七畫好新娘的頭蓋。

「小朝，你怎麼選黑白畫？」

小七有些倔促：「紅色，沒有了。」

「不早說，我借你啊！」萱萱把自己的調色盤捧到小七面前，其他人聽到小七欠顏料，紛紛起義相助。

「這邊也有，盡量來用！我還覺得擠太多出來咧！」

「對啊，男孩子不要那麼害羞，大方一點！」

小七縮著肩膀，緊張地看向這群認識不到一天，就想學他同班同學用力揉他頭毛、輕易看穿他害羞本質的競爭對手。

「老子就是喜歡黑白畫！好了！快回去畫你們的！不要摸我的頭啦！」

小七用力把喜愛小動物的蒼蠅趕走，但他們回到原位後，還是往小七這邊看來，不時地咯咯笑著，害小七氣得繃住白皙的小臉蛋。

沈大師和我一同欣賞年輕人的活力，他摸著下巴不存在的鬍子，嘖嘖稱奇，沒想到當年要死不活的奇蹟之子，也會像個普通孩子般熱情地大叫。

小七自以為兇惡，瞪了所有競賽者一輪，回頭看向最靠近他的萱萱。

「妳畫的是正面，我這邊的角度不合，請坐回妳的位子。」

「我一定會贏，所以想趁休息時間，多和你相處。」萱萱伸了個懶腰，大方地靠在小七的右肩上。

小七一臉納悶，覺得自己不帥氣，也沒有人家胡說的可愛，怎麼總會有條件很棒的女孩子來跟他示好？

「上午茶。」死氣沉沉的金梅推著餐車入內，我看到冒熱氣的水晶餃，口水都要流下來了。「要吃的去洗手。」

「要要要！」萱萱連忙舉手，跑到外頭，洗好手回來，把手上的水滴往褲管上抹，拿了金梅添好的兩個餐盤，還有兩杯檸檬茶。「小朝，你畫快一點，我們一起來吃！」

受小美人所邀，小七也收了筆，把熊寶貝拎出去洗爪子，再乾乾淨淨地一起享用點心。

小朋友們都擠到金梅的餐車前，想盡辦法把自己的盤子裝滿，當她是服務式沙拉吧，只有小七含蓄地回到位子，把餐點放下，往前走向新娘子。

「你會不會累，要不要一起來休息？」

一室靜下，大家聽見小七的話，不免怔住。明明主辦單位說是人偶模特兒，還像工具一樣地被人扛到畫室裡，更何況怎麼有人可以那麼長的時間沒有絲毫移動？

金梅笑了出來：「比賽結束。」

所有人都驚呆了，只有小七什麼也沒想。

新娘子依舊紋風不動，沒回應這麼一個盛大的玩笑，直到英姿過人的美男子翩翩從門外走來，一言不發地掀起新娘的紅頭蓋，那張臉才睜開緊閉的眼，見了來者，豈蔻的唇瓣忍不住顫動。

林今夕說：「沈牡丹，捉到你了。」

新娘子倏地跪了下來，卑微地摟住阿夕的雙腿。

□

死寂過後，接著是小朋友們的尖叫，蓋住了小七的問句：「人哥，大姊呢？」

沈夢溪拍牛而起，吊兒郎當的臉浮現惱色。

「那男人是誰？竟然欺負我的高麗菜！」

「也是我兒子啦，世界第一大帥哥。」

我勸沈大師冷靜，並且快帶我逃走。阿夕看來一夜沒睡，心情惡劣，加上發現兔子身旁沒有愛湊熱鬧的我……會死，一定會死。

金梅急忙上前把新娘子扶起來，那張撲克陶瓷臉蛋正落淚不止，害金梅慌了手腳，直接用圍裙給他擦淚，把紅妝糊成一團。

金梅從口袋裡拿出便條紙，用力寫字：阿弟，別哭，有事跟我說！阿姊替你作主！

「魔、魔王來了……」新娘子崩潰般地擠出不成聲的字句。

好好一個被家人男扮女裝、押去當人偶的大男孩，就這麼被阿夕嚇得哭出來。

林今夕的威勢有時連老母也會害怕，那種與生俱來讓人恐懼的才能，即使用眼鏡遮起五成殺傷力，破壞力還是相當驚人。每次我對上盛怒的他，腦袋裡都要趕緊想著以前他小時候抱著兔子枕頭、要跟媽媽一起睡睡的純眞模樣，這時再回神看，即使再嚇人的帥哥，也會變得可愛可親。

可惜這絕招只限定林之萍一人，救不了小七兔子。

阿夕冷然對上不知所措的幼弟。小七一定在想，他明明說過要保護好媽媽，卻再次食言。

「小七，我現在有點私事要處理，你就照你的承諾，去把那個白癡救出來。」阿夕指向畫廳中代表鯉躍龍門的墨寶。「你那什麼臉？也要哭給我看嗎？這次我會把帳算在媽頭上，不會扣你三餐。」

小七把熊寶貝交給阿夕，趁大伙的注意都放在新娘身上時，旋身一躍，從畫廳中消失，只有萱萱發現兔子失蹤了。

□

四周轟隆聲不斷，我卻沒見到烏雲和電光。深潭下那隻大鯉魚，躍起又往水裡撞去，相當不安。

「畫很害怕。」沈夢溪撫著崢嶸的山壁說道。「很多人會仗著老天無眼犯錯，它們由人所繪，在人世間飄泊，也學會人的壞習慣，欺騙和出爾反爾。」

沈大師一副世界末日的口氣，讓我跟著豎起寒毛。

「它們在神子面前立誓，卻悔了約，還拐了女人給我。我說，你們本來想騙的是高麗菜吧？高麗菜會畫畫，也喜歡畫畫。」

從我聽來的消息，十年前畫家與異世的約定是「十年陽壽，神子代償」。如果我是畫中天的妖精，便會去思考既然身邊的畫家已經重病衰老，神子又不知所蹤，要是這個男人的魂魄走了，他們又得去尋找下一個目標。

於是私自決定，先搶再說。

但是男人的幼子不是常人，知道父親的魂魄被提早囚禁，無法接受，於是想盡辦法打開洞天，要用自己換父親死後的自由回來，卻被我壞了好事。

我的存在，就是畫畫世界犯錯的最佳證據。

「高麗菜說，冒犯地府會被打進煉獄，得罪天上可是灰飛煙滅。」沈夢溪哀傷地望了我一眼，和他青澀的面容不太相符。

「之萍小妹，能不能請妳告訴神子，是我色心大發，強搶民婦？」可是我除了被求婚，腰被抱了兩下之外，沒少掉什麼肉。

「你要維護他們？」

「除了我，還有誰會爲這些老古董說話？」沈夢溪了解他的畫，也知曉這個世間的規矩，他與依然樂觀的我差別就在於——我就是神兔子他老母。

「那個初次見面就願意爲人承擔苦痛的孩子，沒有你們想像中那麼不近人情。」我深吸口氣，直覺地往右邊一站，去迎接與灰色世界格格不入的純然白色。

七仙持刀立定，白袍隨著畫中有形的山風飛舞；我扠腰走向凝重的白衣仙人，朝他笑了笑。

「兔……」

我才發第一個音，就感到大事不妙。小七面無表情，不像過去我惹禍上身，他都會氣得哇哇大叫。

「我開一條路給妳，妳從原本進來的畫走出去。」

我趕緊把裙袋的紅色顏料拿出來，低頭賠罪，保證媽媽下次不敢了。

小七低聲地說：「那是妳買給我的，妳收著。」

再也沒有其他兩個選項，只能說「宇宙霹靂無敵不妙」，有種要被斷絕母子情義的壞預感。

「小七呀，你看媽媽沒有受傷，還玩到牛牛，走了七色灰階橋，雖然沒當成勇者，好歹也算吟遊詩人。」

他還是安靜地望著我。都這種時候了，我卻說不出挽回母子關係的渾話，只盯著他決絕的雙眸。

「兒子，你的眼睛好漂亮。」

「妳快回到大哥身邊。」他一步也不給我接近。

我抓抓髮上的彩蝶，沈大師在旁邊「啊」了兩聲，我才知道原來蝴蝶不能碰，但已換得滿手糊掉的色料。

我想起爺他老人家對人類離開穴居、有了文字以後，非功能性作畫的解釋。

因爲美好的光陰易逝，才會想用一些方法留住當下。世事無常，像我昨晚才和小七靠在一塊安睡，今天他就決心再也不認我做老母。

傷腦筋。

我不再接近他，反倒往後退去，一直到懸崖邊上。感謝沈大師給我化上漂亮的妝容，這種事做起來才能唯美，而非瘋女十八年。

我閉上眼，往後倒下，感受什麼是無可救藥的自我墮落。

今後林之萍九成依然死性不改，但我就是希望能蹭在小孩屁股後，與他們一起去看這個三千世界……

「大姊！」

俗話說，老母要不到抱抱，就等寶貝自動來抱抱。小七飛身過來，在我落入灰色的山澗前，把我橫抱起身，單腳踩在興起波瀾的墨水上。

我反手抱緊他，死沒良心地大笑起來。

「被騙啦，就像我剛來時一樣，以爲松樹和灰階橋很高。這幅畫的原型不超過一尺，根本摔不碎我這身老骨頭的。哈哈，小七笨蛋！」

「嗚嗚……」

我收起笑聲，支起身子看向壓抑泣音的主人。小七用力閉緊雙眼，斗大的淚水還是從眼角洶湧落下。

「對不起，都是媽媽不好，媽媽大壞蛋，小七不哭，不哭！」

完蛋了，眞的嚇到兔子了！

「妳這查某眞是白目到有剩！」他爲了放聲罵我，眼淚掉得更兇。「我才沒有妳這個老母，哇啊啊——！」

據小七自己說溜嘴的白派歷史記載，年幼的他一旦大哭起來，六個師兄聯手哄都沒效，都要哭到睡著才會停。

我只能說，林之萍太太，自作孽不可活。

「好啦，給媽媽親親小嘴，別哭了。」

「變態，滾開！」

我就在他手上，是要滾到哪裡去？

「小七，不要生媽媽的氣了啦！」我趁著這機會，摟住他的脖子，撒嬌撒嬌。

他雙眼還垂著淚，給我這樣一蹭，什麼恩斷義絕的台詞就再也說不出口，只是好生氣，一部分針對找死的我，一部分討厭保護不好家人的自己，臉頰繃得有點鼓，我就順勢把他的小頰肉給掐了下去。

「大姊──」

「對不起，媽媽眞的有在反省。」最近比較冷，阿夕常燉補，兔子終於吃胖了一點，呵呵！「小七，既然比賽結束，我們就一起回家看電影好了，媽媽有借『毛兔子大戰』，只是忘在包包裡，租期好像就是今天到期。」

「妳根本就不思長進，浪費糧食，該向地球暖化謝罪！」

「媽媽雖然滿足現狀，可是我對小七的愛可是一天比一天多喔！」

我雙手撫住他兩側耳畔，趁他忙著抱穩老母、無法反抗的時候，在這片畫中山水之下，吻住他的眼角。

這是爺他老人家私下傳授給我的絕招，爺每次一親，都能止住阿奶的淚，而我也成功哄得小兔子不哭了。

「我要跟大哥說……」

結果他除了說要向阿夕告狀之外，什麼也反抗不了。等我抱過癮，小七才略紅著臉，叫出白兔大刀，往底下池子一點，墨水散開來，形成一個留白的圓。

「妳這個凡人，快點回到現實裡去，不要再出來亂了。」

他把我放進白色圓圈裡，認眞監視著我從圖畫紙世界離開。

「兔子，他們眞的沒對媽媽怎麼樣。」我再補充一句。

「妳放心，我會公正裁決。」小七左手往胸口一點。他這個師承自白派的動作，應該是想表示：公道自在人心。

□

經過白光傳送，我回到標示「地獄」的黑色房間，還差個兩步就能跨出分隔兩界的畫框。

我在牆壁之後站了一會兒，不知道該不該打擾正在房間密談的兩人。

我家阿夕和沈大師心愛的高麗菜，兩人面對面地站著，而房間裡放了許多之前我沒注意到的醫療器材，老人躺在病床上，依賴氧氣罩維持生命。

新娘子換回一般服裝，就是個和阿夕同齡的年輕人，溫雅秀氣，因爲眼睛較同齡男孩大，長相偏向甜美。

「陛下，我沒有參與叛亂。」他很努力地咬字，雖然害怕，還是迎向阿夕深沉的目光。

「我是天界的叛將，好不容易在下界找到容身處，已經很厭倦爭鬥，我可以爲您殺遍神祇，但是不管是您、閻羅，還是『他』稱王，對我來說，都沒有差別。」

「你知道自己在說什麼嗎？」阿夕冷冷地反問道。

高麗菜雖然臉色惶恐，卻也不打算收回潑出去的水。

「天上盡是啞巴，冥世不能說眞話，我只是像個人來胡說八道。每次進殿，我和琳月總是站在最後頭，看您在千年之役敗給天帝後，愈來愈疲憊。我眞的，不論誰來做頭，都沒有關係了。」

「愚蠢。」阿夕輕聲斥責，聽起來沒多生氣，高麗菜卻不由得抽氣哽咽。

「很抱歉，沒有趁神子衰弱的時候除掉他。」

之前那些話都能當爆米花吃掉，但一聽到兔子，想不在意也難。

「要殺，早該三百年前就讓他魂飛魄散。」

我聽了有點難過，林今夕明明說好了要跟媽媽一起疼兔子的。小七從來就沒做錯過什麼，卻有一堆牛鬼蛇神仗著他心軟，好欺負。

「您當初要是對白派寬容些，白仙說不準就會答應您的要求。」

「現在說這些都是廢話。」

「再強大的存在總是有弱點，要查出在凡間歷劫的白仙的軟肋，應該不難。」

林今夕的神情黯下，似乎想起什麼髒東西。兔子的軟肋就是兔子老母，可是我偏偏也是阿夕的死穴。

終於讓我等到出場的時機，我像是掙出蜘蛛網的蝴蝶，先是一頭亂髮地擠出畫框，再雙手並用地爬出來，活像看了以後七天就會死掉的鬼片。

「媽？」

阿夕急忙過來把我掀到屁股的裙子拉下。沈大師爲我畫的長髮，一碰到他的十指，就化成輕煙。眞可惜，沒辦法用它來討兒子歡心。

「夕夕、夕夕！」

「媽，不要以爲撲到我懷裡轉圈，我就會原諒妳。」

即使如此，他還是抱得很順手啊！

高麗菜睜大眼，好像從我們母子倆身上看到什麼世界奇景。等我安撫完大兒子，才斂好儀容，和關係匪淺的大男孩打聲招呼。

「你叫牡丹是吧？我有見到你爸爸，年輕健康地駕著一台牛車亂跑。」

他的大眼睛直望著我，波光流轉。

他這樣一個人獨處紅塵，和阿夕等一群好友離得遠遠的，多少是爲了時日不多的老父親吧？

或許這間屋子的是非因他而起，可是我看不出有哪個環節是出自他的心計。

「媽，他聽不見。」

啊，都是阿夕剛才和他那麼自然而然地交談，我才會忘記這回事。

高麗菜突然俯身朝我行了大禮，就像小草他們一樣，對我抱持著某種深切的期望，我只能回以傻笑。

「謝謝。」他口齒異常清晰地向我說道。

眞是的，既然來人世玩了，爲什麼不好好當個青春洋溢的年輕人？每個都要揹著千斤重的擔子，害阿姨好捨不得。

「你眞要感謝的對象，是我家兔子喔！」

話才說完，病床上的老人猛然一震。高麗菜連忙趕到床邊，握住老人微微擺動的手。

「嘿，高麗菜……」沈大師睜開依然明亮的桃花眸子。「你說過二十歲盡壽，能不能再緩一緩，陪爸爸到一百歲再走？」

「聽不到……」他把父親畫出繭的手握得死緊。

「好啦，爸爸簡短說明：我愛你喲！」

他們父子依偎了好一會兒，我家小七才一身五顏六色地狼狽回來媽媽身邊，頭髮也被弄得青紫一片，似乎與圖畫世界打了一場大架。

阿夕看著把自己搞成七彩兔子的小七，毫不客氣地批判：「你又幹了多餘的事。」

「對不起。」七仙只會笨笨地道歉。

我倒是覺得，白仙大人揍扁了只為自己想的圖畫妖怪，換得父子團聚，這個判決十分英明帥氣。

「過來，去洗澡。」阿夕氣沖沖地抓著小七的手，就往樓下走去。

「可是我衣服都髒掉了。」

「就穿我昨天換下的，眞是隻笨兔子。」

小七低著頭，乖乖給阿夕帶去客房氽燙。我跟著離開父子戀戀情深的黑色房間，在二樓閒晃了一會兒，碰上牽著小熊找哥哥的萱萱。

「他躲在廁所洗手台下。」萱萱把哭哭的熊寶貝抱給我，我想小熊一定是從房間裡偷跑出來找阿夕。

「小萱，妳『看得見』呀？」

她抿唇一笑說：「後天的。」

從阿夕的例子得知，陰陽眼可不好玩，要是沒有與另一個世界斡旋的能力，常會被小妖小魔找碴。

「我小時候眼睛生病，醫生說可能會永久失明。我好害怕，要是變成瞎子，就不能再畫畫了。」

她的爸爸媽媽帶她看遍國內眼科醫生，才願意承認世上也有醫療不能及的絕症。

最後，萱萱的奶奶孤注一擲，典當了所有金飾，和家人帶她到坐落於陰森墓園的廟宇，拜見當時千金難求的神子。

「他在珠簾後安靜地聽我奶奶訴苦，一句安慰話也沒說。之後我奶奶被請走，只剩下我和他兩人；他撥開簾子，赤腳從高台走下，拽著金織的長袍，把額頭抵上我的臉，那雙異色的眸子就在我眼前。我當時只是想，眞漂亮，看了那麼一眼，就算從此不見天日，也值得了。」

萱萱雙手捧著胸口，就像捧著她心中的夢幻奇蹟。

「沒想到還能見到他，我以爲他會很早死，看了太多人間的憾恨，很悲傷地死去。還好有被好人家養到，長得白白嫩嫩又活力充沛。多虧有妳，才能讓我再見他一面。」

「不客氣。」這個道謝我就大方地接受下來。

萱萱露出大大的笑靨。

□

等我抱著小熊回房，小七已經穿著大一號的襯衫，頂著一頭褪色的濕白毛出來。看他在那邊捲阿夕的長褲管，連捲三層，就有一種小朋友的純眞感。

「熊仔！果然又亂跑出去，害大哥到處找你！誰不學，學你老母！」

這個不孝子，都沒顧慮到媽媽的面子，竟然當著小熊的面數落我的不是。

我不動聲色地拿起房間的吹風機，插上插頭，高傲地坐在床邊，看著小七在浴室門口天人交戰。

「要吹毛就過來。」

兔子僵持了一會兒，最終還是屈服於壞女人的淫威。

等阿夕尋熊回來，小七已經溫順地躺在我的大腿上，兔眼半垂；知道阿夕回來，也只是睫毛動了動，沒有把腦袋挪開，可見和圖畫妖怪打架消耗了不少體力。

「林今夕，交代一下你凌晨跑到哪裡去了？」壞女人要演就演到底。我昂起臉，囂張地對上老是把媽媽踩在腳下的大兒子。

「素心半夜打了妳的電話，一直哭，我趕回去處理。」

「小草怎麼了？」聽到林家罩著的小孩出事，我趕緊轉換回好阿姨的角色。

「沒事，先把他帶回家裡休息。」

「大哥，對不起，害你兩頭跑。」

阿夕凝視著小七的腦袋，我懷疑他正在後悔昨晚沒把小七叫起床，用他的能力回去老家，就能省下兩趟油錢。

「弟，比賽結果公布了，你竟然給我落選，回去不把你裹粉炸掉，難消我心頭之恨。」

小七從瞇瞇眼的狀態蹦起身，驚恐地面對將至的肉排命運。

□

優勝者為萱萱，主辦單位表示新學徒今天就能住下來，想家再回去。她的爸爸、媽媽、爺爺、奶奶，得知就要和寶貝分開，哭得一把眼淚一把鼻涕。

雖然小萱真的很有才華，但我總覺得金梅和竹子他們看萱萱的模樣，就像在看未來的弟媳婦，比賽結果充滿沈家的私心。

「高麗菜很悶，來個活潑的女孩子剛剛好。」拄著拐杖來頒獎的沈大師，自己都說溜嘴。「之萍小妹，妳真的不嫁過來？我幫妳養小孩。」

「爸爸！」除了最小的牡丹，沈家梅竹菊三個兄姊齊聲大吼。順帶一提，守衛大哥是金梅的丈夫。

沈家送了許多參加獎給參賽者，小七拿到一幅小巧的水墨畫。

當小七恭敬地接過獎品時，沈夢溪拍拍他的腦袋，說：「這是我初出茅廬的作品，按著老一輩人說的傳奇故事畫出來的。這座島上曾經有個白衣神仙，守著土地上的人們。神很遙遠，而這位凡胎的仙子就在人們身邊。」

之後，老王向我提起沈夢溪墨寶的拍賣會，起標價就是我家公寓的價格再多一個零，讓妾身好是驚恐。想想我回程時還把畫當枕頭墊，名家墨寶差點被我的口水浸成紙糊。

向各位小朋友道了別，萱萱也成功親到小七的額頭之後，我們就趕在大塞車前上路。可能是在沈家吃太飽的關係，我一上車就抱著兔子呼呼大睡，直到日暮黃昏才醒來。前座的司機認命地注意無趣的車況，沒人跟他聊天也不叫醒我們。

小七和熊寶貝正睡著，我就擔起責任，和大兒子閒扯。

「阿夕，你外公家怎麼樣？」我發現了小祕密，沒在沈家說破，他們似乎以為那個無緣的孩子已經死了。

「我外公在我出生前，就和外婆車禍雙雙過世，沒有別的。」

他說的是我爸媽，我雖然聽得安心，也不免覺得他決絕，直到我從車座下摸到芝蘭姊姊的牌位。說到底，他還是按照習俗，帶著生母回娘家。

「你會怪罪他們當時沒有救助你們母子倆嗎？」

「她是個好強的女子，當初願意做人家的第三者，就沒臉再回家讓家人蒙羞。」

那件事過了個把月，阿夕終於能平靜地說起生母的事。我沒問他記不記得父親的樣子，甚至有些逃避事情的眞相。因爲他始終認爲，母親是被父親害死的。

我們經歷了恐怖的塞車，回到家，天色已經黑了大半。我抱著小熊，阿夕扛起小七，電梯壞了，兩人又提著大包小包上樓，幾乎是累癱在玄關。

打開燈，桌上有用保鮮盒裝好的菜餚，小草留了便條紙，感謝我們提供收留他的屋簷。我看著被水滴沾濕的紙條，總覺得該找時間來處理小草的家務事。

「他打工回家，累到睡在浴缸裡。他繼父嫌他浪費熱水，把他趕出家門。」

阿夕淡然說道，可我知道外人欺負他自己人，林今夕心裡一定氣炸了。

「媽，妳認爲這世間好嗎？」

「唔，有你和小七就不錯。」我直覺地回應。阿夕沒再說什麼，到廚房熱菜。

小七開飯時才醒來，吃飽之後陪媽媽看「毛兔子大戰」。他說片名明明和兔子無關，但我堅持有兔子就是有兔子。

同時間，格致打電話來，和阿夕討論熊寶貝的監護權。

「陛下，我三天，你四天，好嗎？」

「不好。」

「好，我兩天，你五天。小孩才抱熟一個晚上，你就要他和茵茵分開，太殘忍了。」

「我什麼時候不殘忍過？」

「林今夕，算你狠。」

他們又低聲聊上一陣。格致不知道阿夕的房門開著，在客廳看片子的我都聽得見，認眞地向阿夕宣誓。

「陛下，我死後，願意再爲您做牛做馬，哪怕您怎麼踩怎麼罵，我都不會走的。如果您回去的時候，只有自己一個的話……」

嘟地一聲，阿夕掛了手機。

正巧家裡電話響起，我興沖沖去接，裝作沒聽見大兒子的電話內容，熱情地向對方「喂」了一聲，聽筒傳回嚴肅的女聲。

「林太太妳好，我們事務所已經多次去電，時間迫在眉睫，這次請妳務必聽我說明，關於令公子生父的事……」

吉利坊

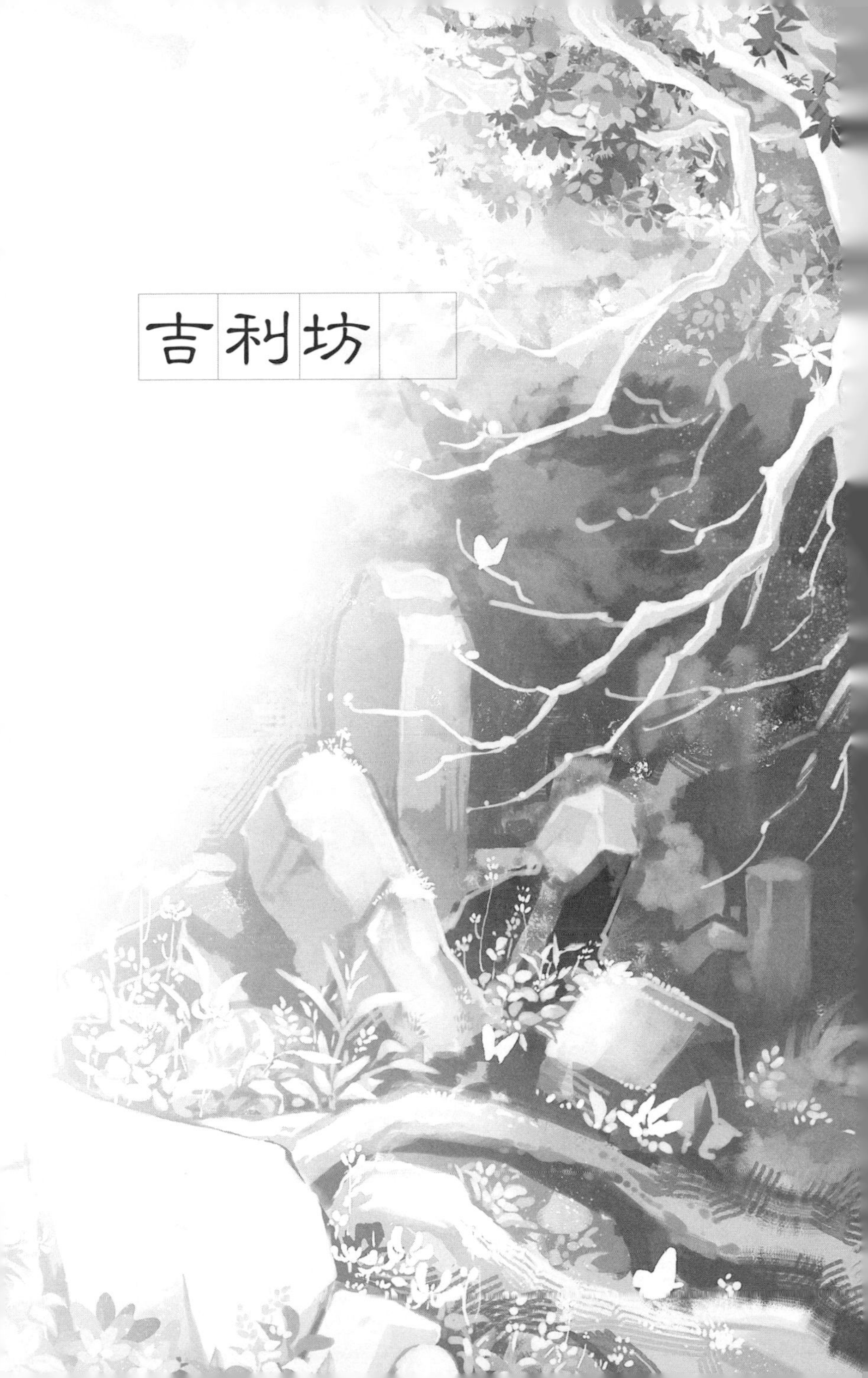

週末放假，阿夕去參加社團活動，家裡只剩我和小七大眼瞪小眼，綠豆眼瞪兔子眼。那時兔子剛養沒多久，還彆扭得很，看阿夕和小熊不在，就躲在草綠色的小窩裡耍自閉。一直到他出來上廁所，撞到我吊在房門口的紅蘿蔔，才生氣地拿著蘿蔔過來和我理論。

我可憐兮兮地遞了阿夕的主婦字條給他，家裡只剩他手中的蘿蔔，再不去幫今夕大廚補貨，今晚林家人就只能喝蘿蔔湯了。

「就算如此，玩弄食物和我還是不對，妳不要老是做一些沒人懂的蠢事！」

小七義正辭嚴地數落我一頓，才去換了外出服，到玄關穿上白步鞋，又轉頭過來叫我別拖拖拉拉。

因爲剛養新兒子沒多久，覺得他每個動作都很有趣，我才會目不轉睛地觀察他的一舉一動，絕非是個喜歡小男生的變態。

我直應好，急忙套上外衫，選了雙喜歡的涼鞋，高高興興地和小兒子出門買菜。

「小七，在家裡會不會無聊，媽媽買電動給你？」

「大姊，是妳自己想玩吧？」

被發現了呢。最近出了新款遊戲主機，好想要，阿夕卻緊緊攢著荷包，爲家裡多出新成員而幾乎算爛了家計簿，硬是擠出一筆錢到伙食費上。就算存款簿沒剩幾仙錢，也不能讓新弟弟餓著一餐。

責任感是雙面刃，讓阿夕倍增帥氣，也讓媽媽屢遭嫌棄。

「妳就是今夕哥勞碌命的原凶。」小七這些日子生活下來的結論，竟是如此地傷老母感情。

「我知道存錢很重要，可是小孩更重要。媽媽去工作是爲了養小七，不去公司加班也是想和小七玩。」

「妳這樣子眞的很奇怪。」

「哪裡？」我盯著自己沒尾巴的屁股，轉了一圈，檢查完畢。

如果又是親不親生那種老調重彈，那就沒什麼好說的，我就是愛兔子。

但如果小七針對的是「爲他想」這點，那麼林之萍就必須嚴肅地進行親子輔導。

「媽媽出生的家庭感情奇好，夏天的時候會一家人泡在後院的水池裡沐浴，沒有分彼此。我覺得那是最棒的家了，只要依樣畫葫蘆，我和我的孩子們也能過得幸福快樂。小七呢？你心目中的媽媽是什麼樣子，只要我做得到，我也會努力改進的。」

他軟唇微動，終究沒有開口，顯然對我這個新任養母還存有顧忌。

光看外觀，我家小兒子不過比一般男孩子清秀一點，身高少了一點，皮膚透明一點，還有一頭被染過的白髮，但也沒有因爲他天生的神力就能在人與人之間的情感中置身事外。

我們走過三條街，即使時值冬日，我這個大嬸還是出了些汗。雖然小七的步伐始終輕盈，但他即使累了、餓了，也從來不說，只能靠我主動出擊。

「小七，你會渴嗎？媽媽買飲料給你。」

林之萍活了一把年紀，親身見證到泡沫紅茶的崛起，就算它間接爲國民帶來腎臟健康的威脅，但是冰涼涼的手搖杯飲品，也成了這座島上最具特色的文化之一。

小七來不及拒絕，只好與我一起站在飲料店前，睜大眼睛直瞧人家怎麼神乎奇技地把果汁和茶水做出最完美的融合。

我笑咪咪地付帳，把飲料遞給小七。看他小心翼翼地插好吸管，小口啜了一口，很喜歡的樣子。

「大姊，妳的呢？」

我湊過去，直接咬著同一根吸管，痛快暢飲，也不意外地聽見小七的激動大叫。

「妳吃到口水了！」

「小七，我們家窮，一起喝一杯才是好孩子喔！」

「妳只是想吃我的口水，對吧？眞的是個變態！」

「你這孩子誤會媽媽了，媽媽把你當成自己的小孩，所以不覺得需要分隔內外人的第二根吸管。」因爲還認識不久，我多少得拿出表面工夫應付，等到熟透了以後，兔子就知道我的厲害！

小七一直生氣到看見路邊有對可愛的父女交換麵包吃，反省自己是不是眞的大驚小怪，才軟下口氣說下次會多拿一根吸管給媽媽。

「大姊，我是修道者，妳感覺不出來，但別的世界能感應到我們的氣與常人有異，所謂的『道行』就像入關的通行令，妳達到一個層次，就能進到某個空間裡。有時候，常人只是恰巧持有仙人或道士的器具，等同握著開啓異世的鑰匙，但因爲本身沒有能力，往往走不回人世。以前我生母只是沾上我幾根頭髮，就失足掉到地府去，讓她飽受驚嚇。」

我按住小七的頭毛，他抗議我在幹嘛，而我只是想摸兩把而已。

想到阿夕自小便把家裡打掃得一塵不染，也是顧慮到我的安危嗎？

「你別擔心，媽媽是個享受冒險的女人。」

「但也不要光明正大地給人添麻煩。」小七嘟囔幾聲，比較不那麼排斥我靠近了。我一定要溫水煮青蛙，讓他一點一滴地學會怎麼跟母親討抱抱。

我們並肩晃到傳統市場入口，大概將主婦的位子讓給阿夕太久，市場和我印象中的規模與形式已經相距一個光年之遙，不再雜亂無章，爲人詬病的異味和噪音也不見蹤影，每家店都有自己的漂亮招牌，清楚寫著販賣的商品和價格。

「太太，進來看看啊！」

現代有方便的超市和賣場，但我過去總愛帶著阿夕到老市場閒晃，就爲了和小販聊天，可以知道許多食材以外的趣事，而後阿夕繼承這個習慣卻是不同的理由，他不喜歡食物被非專業的人員經手，執意要老經驗的菜販爲他留菜，再利用美貌狠狠殺價。

就是有這麼一名好大哥，冬天的兔子才能養得毛皮豐美，肉肉的，媽媽抱起來才會舒服。

我拿出今夕交付的購物單，進去蔬果店挑挑選選。小七在旁邊提籃子，不發一語，更正確地來說，是他從踏入市場之後，就不再有任何聲音，即便我把大頭菜頂在頭上，他也只是皺著眉把圓滾滾的大頭菜抱下來而已。

「小七，你看媽媽發霉了。」我又把洋菇排排立在手臂，他捂住臉無力地垂下腦袋。四周爆出笑聲。我沒想到自己的演出會受到這麼熱烈的肯定，只是小七看起來頭更痛了。年輕的老闆娘夫婦，不顧前頭結帳的客人，先過來幫我把洋菇和大頭菜打包好，我拿出錢包，他們卻做了「免費」的手勢，讓我以爲自己不知道什麼時候當上了ＶＩＰ。

雖然我買到了不是大兒子指定的食材，但看在店家大方贈送的份上，相信阿夕會另外想出美味的食譜來做搭配。

只是小七的眉頭始終皺在一塊，不過當我悄聲問他是不是不可以白拿人家的好菜時，他也沒叫我剁手剁腳放回去。

再來是肉舖，我看攤子掛著形形色色的肉骨和五花肉，再看阿夕開的肉單，因爲家裡有兩個正在成長的大男孩，蛋白質需求量大，需要採購的肉量相當驚人。

「這是豬肉嗎？」我提出生手的問題，肉販大哥只是笑笑。

「是中原來的山豚，妳要中身、腿肉，還是排骨？」

我還沒點菜，小七就扯扯我的衣角。我皺起眉頭，他這個小動作很不好，實在太可愛了。

「怎麼了？」我捏捏他的左臉。他把我的手指拍掉，卻也不答腔。

肉販大哥倒是早一步解開小七的顧慮：「人也可以吃，很美味的。」

我各要了一斤，小販仔細用荷葉包好，再用稻桿捆上，正好可以方方正正地疊進買菜籃裡。還沒掏出錢來，肉販大哥就掛上收攤的牌子。

「送的。」他再補上一句。

我連聲道著謝，嘴上都笑開了。又拉著小七去看魚，賣魚的小姐站在店門口，眼也不瞬地看著來往的客人，身後排列著大小不一的水族箱，招牌標榜「新鮮現撈」。

我不顧菜單，向小姐點了那條幾乎佔滿整個水缸的電鰻，就是想看人鰻大戰。

魚攤小姐二話不說，脫下尼龍圍裙，全身只剩件比基尼，扛著梯子爬上魚缸，縱身躍入水中，和那隻體型與成年男子不相上下的鰻魚扭打起來。

「好啊！」我大力鼓掌喝采，攤子前圍上不少觀眾，尖叫聲此起彼落，還有人開賭局來押誰勝誰負。

最終，小姐雙手扛起被打結的鰻魚，拿下水族箱之王的頭銜。

我突然意識到憑我這個只抱得動兔子的孤家寡母，該拿大鰻魚怎麼辦。魚攤小姐又把大鰻放回去牠的窩，爬出水缸，把身上的水珠甩掉，魚鱗狀的皮膚又化成普通小姐細緻的肌理。

「好了，請問您需要什麼貨？」她一板一眼地說道，始終沒什麼表情，但很客氣。

我看了熱鬧，鬧事的癮頭過足了，便乖乖交出阿夕欽點的魚貨表。

小姐把單子往內室遞過去，不一會兒，我就拿到剁好的白帶魚和去完內臟的白鯧，秋刀魚是附贈的。

「那個鰻……」

「阿鰻是我的好朋友，大人難得來訪，爲您獻醜。這裡賣的都是人世魚市批發來的魚貨，請享用。」

魚攤小姐九十度鞠躬後，小七才輕輕頷首回禮。我這才驚覺一路上受到的禮遇，原來都是有兔子在的緣故，我滿手的免費大贈送，就像後宮嬪妃母憑子貴被捧上后位一樣。

再走一段，看看有沒有阿夕中意的調味料，還有五穀。每到冬天，大兒子都會費心燉些藥膳。比起來自各國的洋食，他一向偏愛步驟繁雜的中式料理，喜歡鍋子漫上熱氣的瞬間，哪像我是永遠的煎蛋吐司和水煮麵。

他會在筆記本上親筆寫上密密的食譜，一邊回憶著什麼，一邊寫。我也納悶過，他從高中就活動滿場，又要管學校，又要顧家，哪來的時間拜師學藝？

我曾經湊過去問他，那些疊滿一整個書架的家常食譜，該不會是民間所說轉世前的記憶吧？今夕著實嚇了一跳，用力罵我無聊，有些欲蓋彌彰。

回到菜市街來，我拎著魚肉豆蛋搖晃，開心叫喚著一路垂著頭的小兒子。

「小七，託你的福，看樣子今天晚餐會很豐盛呢！」

他抬起臉，我不懂他為何鬱鬱寡歡，買飲料的時候明明還很有精神啊！

小七還是沒說話，拿過我手上的榨菜和豆干，在我空出來的手心寫字。這個動作依然非常可愛，四星半。

他緩緩勾勒出三個中文字——連累妳。

我一知道他沮喪的原因，便氣呼呼地瞪大眼，不就從原本的菜市場跑到另一個菜市場嗎？這裡的小販多有趣啊，他的腦筋卻轉不過來，認為走錯路都是兔子不好，可是從來也只有老馬識途，我可沒聽過小兔子必須肩負帶路的責任。

「哼，真是的！」我和路邊賣糖的阿婆要了一支兔子圖樣的麥芽糖，這次堅持付了帳。

「媽媽買給你的，快吃！」

他呆怔地拿著，我只好威脅他若敢糟蹋我的心意，我就要在大街上打滾，他才低下頭，細細舔了兩口。

我強忍住撲上去抱抱的衝動（so cute!），冷面無情地往前走去，留神聽著他安靜跟上來的腳步聲。

其實我也不該和小孩子計較，鄭王爺也說過，小七原本是隻純眞愛撒嬌的小小兔子，只是生母的殘酷又遭養父苛待，讓他痛到怕了。

我還是繃住老臉，冷然地朝七仙瞥過一眼：「小七，媽媽也要吃糖。」

他把麥芽糖遞過來，我看著上頭的兔子耳朵融化成貓耳朵，乾脆整支塞進嘴裡，徹底從兔子頭舔到兔子尾巴，才拿出來還給小七。

他接過那支淌滿歐巴桑口水的麥芽糖，終於有了「哀」以外的憤怒表情。

「媽媽剛才吃了你一滴口水，現在還十滴給我親愛的小兔兔。」我提著魚肉做嬌羞狀，兩手搭著雙頰，屁股扭扭。

小七一時間露出比剛才十倍悲哀的表情，想到眼前這個八婆竟然是他的名義老母，而且剛才還有店員眼睛瞎了說我們母子倆很像，就不禁悲從中來。

他提腿踢了我屁屁，我反手去扭他的腰肉，幾乎要打成一團。

可是路人不管我們惡鬥得多激烈，只會哎呀一句「感情眞好」。

小七後來放棄和我在街上一起丟光林家的臉，我去牽他的手，他也懶得再甩開，於是就這樣一起去把中藥行找出來。

我們沿路問了近十間商家，他們說除非是米穀一類的食品，不然在本草榜上有名的藥材都被市街盡頭的藥鋪壟斷，其他鋪子要是隨便批貨來賣，就會遭到可怕的報復。

沒想到，這麼有趣的市街也會存有如此黑暗的內幕，我聽了一股熱血衝上來，小七，和媽媽一起代天巡狩的機會來了。

七仙無聲地鄙夷著我，我都差點忘了，不是「代天」，牽在我右手中的，可是貨眞價實的神明兔子（實習中）。

「好嘛，一起去嘛，一定會很有趣！」

我推著小七的肩膀，就像小學玩的火車遊戲，小跑步前進。

中途經過一段比較不熱鬧的部分，店家沒有開業，招牌也沒有前段市街光鮮亮麗，不是破了，就是歪了半邊，騎樓也沒人打掃，很像都市更新前將被迫遷徙的老商業區。

我們一直走到盡頭的巷子，才有新鋪的紅磚地，放眼望去，整條小巷只有一間掛了木頭看板的參藥行。就是它了。

採光不好，店面看起來昏暗一片，不過打理得很整潔。店裡才兩個普通臥室大，三面牆都被巨大的藥櫃給佔滿，有種懾人的壓迫感。藥鋪主人不在，只有一個拿掃帚的小伙計。

我先來了個下馬威，大步跨進門檻，打聲燦爛的招呼。

「你好。」很高興認識你，馬尾美少年。

少年穿著中式的短袖上衣，布長褲和步鞋，一雙細細的鳳眼，還留著漂亮的長髮，怎麼看都像是因爲某種不可抗力（雷擊啦、抱子跳井，還是被居心叵測的皇弟逼位）而穿越到現代社會的古代小廝。

「你們，該不會是來買藥吧？」他以一種不可思議的口氣開口，掃把還在手中，沒打算招待我們。「眞倒楣，怎麼會走到這裡？這是間黑店耶！」

這麼誠實的人兒，世間已經不多見了。

「可是我們找不到別間了，你就行行好，幫我們抓藥吧？你看我可愛的小兒子，已經病入膏肓，嗚嗚！」

小七撐著頭，心裡一定痛罵，病壞的明明是他老母的腦袋。

小伙計那雙鳳眼直瞅著小七，說：「他沒病，只是心神鬱悶。我可以配點解鬱的安神茶，但還是得靠家人支持才是良方。」

小七也回望與他同年的清麗少男一眼，嘴巴張了張，最終還是死撐著不出聲。

「也看看我，我咧？」

「我不是大夫，只是被老闆壓榨的小學徒。」他咕噥一聲，拿了雞毛撢子過來。「妳的裙子沾到灰了，眞是，髒死了。」

他幫我撢乾淨。照理說我應該感謝他，但是一般人應該不會這麼熱心，爲了證明心中的假設，我把手指往鼻孔伸去。

「啊啊，出去！不要在我的店裡挖鼻屎，我才剛掃過三遍！」小伙計淒厲尖叫。

「開開玩笑嘛！」

阿夕和老王也有相同的毛病，老是唸我東唸我西，所以我一看到有這種症頭的美少年，才會忍不住欺負他。

「混帳，藥材不只可以治人病，在蟲蟻和眞菌眼中，它們也是美味的食物，貯存的環境必須保持整潔。妳以爲我是潔癖嗎？」小伙計纖細的四肢都繃了起來，我刺激得眞是恰到好處。

潔癖的人都有千百種藉口，老是嫌別人髒，不承認自己龜毛。

小七閉著嘴，瞪著我，手指直接往門口比去，和外人沆瀣一氣。他竟然不說話也能打壓媽媽的自尊，眞是個不孝子。

我摸摸鼻子，比照之前買菜的模式，把大兒子開出來的清單交給專家。小伙計接過，仔細瞧了兩眼。

「這人很會做菜？」他抬起頭，長至胸口的馬尾晃出漂亮的弧。

「是的，我兒子手藝很好。雖然我忙又懶散，但因爲有他在，我們家每天晚上都會開伙，吃得很健康。」

我尋求兔子認同，小七溫馴地點頭。只要說到煮飯養他的大哥，他什麼都說好，被阿夕馴養得很乖巧，可是卻對老媽很叛逆。

「你們家一定感情很好。」小伙計若有所感，長嘆口氣，到櫃台抽了三張藥紙，照單子給我們抓藥膳。我看角落堆著滿布袋的紅豆、綠豆，請他也幫忙舀幾勺，好和薏仁、蓮子配成甜湯。我家阿夕也很擅長古早味甜品。

藥櫃的小抽屜算一算有上千個，他看也不看標籤，就直接從小櫃裡抽出藥材，再從桌下拿出秤桿，從活動的人到使用的東西，都是古色古香，尤其他低眉把秤足斤兩的甘草、枸杞鋪排在藥紙上那畫面。雖然不苟言笑，但我很滿意他的服務和美色。

「小美人，我問個問題。」

「太太，妳嚴重冒犯到我了，我只是長得比較秀氣！」

他不耐煩地給藥包纏上細繩，漂亮的指頭穿梭在繩結之間。

「從妳說找不到別的藥舖，我就猜你們一定是從『吉利坊』來的。」

「吉利坊？」

「就是這條坐落在人世，又不做人們生意的商店街。不知道哪個老傢伙給它取了個福氣的名字，好逃避自己是妖魔鬼怪的事實。」

他嘴上說得毫不客氣，卻有股熟稔的感情在。

「我從十四歲就在這裡幹活，看過太多光怪陸離的鳥事，其中最不可思議的，應該就算我老闆。好在他現在不在，隨便說他壞話都行。你們一路上應該沒碰上性質相同的店舖，因爲所有店家的行號都是『吉利坊』，這裡也是，就叫吉利坊藥舖，又名黑店。」

「可是招牌寫的好像是『黃記參藥堂』？」

伙計撇撇紅潤的嘴角：「我們店裡沒有賣人參，沒有！早說過這是黑店！」

「可是通常中藥店都會備個幾支。」我家老爺子說，以前漢人來台，許多溫帶藥草在台灣這個熱情的南方島嶼長不出來，都從中原批海貨過來，一家藥堂若有本事存著眞正的老人參，往往就是他們的活招牌。

「因爲藥之主的元神已經不在諸藥之國嗎？」

小七破例把問題咕啾出來，小伙計略帶嚴肅地盯著我家兔子。

「離人類太遠的東西不要問我，我是正港的普通人，我不知道。」小伙計揮著手。他明明揣著一點內情，卻不想對我們兩個外來的客人說明白。

我手指抵著下巴，深深端詳著人家下勾睫毛的長度，說：「可是我很少看到像你這個年紀的男孩子能夠長得這麼妖艷耶……」

小伙計氣得用力拍打扁平的胸膛，想要顯示一點男子氣概。

「看清楚，我這是清秀，是氣質好！」

阿姨明白，阿姨知道，所謂青春期纖細的神經，不就是那麼一回事嗎？可是一開始光線暗，還沒那麼明顯，等他點了燭台，亮光映上那張臉蛋，老實說，我眞覺得他不是個人，有一句話正適合形容他：美得不可方物。

傳說三界有張美貌排行榜，因爲九天玄女輩分最高，給她排第一；再來是古時亡國的地下女霸主，東嶽府君；第三個比起前兩名姊姊，出身較爲平凡，僅僅是名管理藥草小精靈的國主，公的，稍稍一個顰眉，即艷冠群芳。

那位藥之主，就是後來小七說的，三百年前島上趕瘟神，請來人世鎮煞才免於滅島浩劫的救星。

我又說：「你睜大眼看，像我兒子才是清秀可愛，你那個叫漂亮，我分得很清楚。」

「我哪裡可愛了？」小七爲什麼從來不放棄爭論這個既定的事實咧？

「是滿可愛的……」小伙計陷入苦惱。小七即使有旁人佐證，還在那邊「哪有」、「呷賽啦」，彆扭到底。「男孩子，長得可愛總比長得漂亮好吧？這些你拿去，幫你媽提好。做人吶，孝順最重要。」

「你爸媽眞好命。」像我得了阿夕和小七一樣。

他聽了卻黯下目光，說：「我很早就被家裡趕出來，父母死前也沒有回去見他們。」

「這樣啊……」早在他說自己早年來做童工時，我就該猜到的，見了美人，我的判斷力也差了。眞可惜，長得那麼漂亮，命卻不好。

他沒停下手，攤開一尺見方的油紙，把林林總總的小紙包置中，整齊交疊，再覆上油紙四角，翻面，又重複步驟，再加一層紙，總共包了三層。

這條街對食材包裝特別堅持，新鮮的荷葉、曬乾的竹葉和紙，都是石化工業發展以前的材料，對店家來說不好作業，才更顯得他們打包技術有多精湛，付門票參觀都值得。

小伙計知道我喜歡，又說了點吉利街坊的現況。

「這裡已經很努力在和現世接軌。我有進一批橡皮筋，才不會纏得手痛還綁不緊，別的商行爲了送貨，也買了車，減少許多靈異現象，像前面有個肉販，會把爲惡的妖怪殺來賣，還有身爲人魚還賣魚的可怕冷血動物，怎麼公會還不派人來把他們捉去關？眞不想跟他們扯上瓜葛。」

其實我們剛才一路逛下來，中藥舖的名聲才是整條街上最糟糕的一間。

「這麼古早的街市也變了，感覺有點寂寞呢。」我微笑。小伙計淡淡垂下目光。

「如果改變能保有更重要的事物，倒也不是壞事。」他低眉把紙包遞給小七。小七聽到他說這句話，雙手猛然一抖，好在兔子反應好，掉了又在落地前撈起來。

「請問，有沒有一個姓陸的道士來道歉？」

小伙計抿住唇，柳眉輕皺，不懂小七沒頭沒腦問這個幹什麼。

「我們常被仇家砸店，來賠罪的倒是沒有。」

他雙腳一個踢踏，把竹掃帚勾上半空，然後右手適巧抓住帚柄，俐落地使出前刺的劍式。我知道他在表明他會武術，不用擔心他一個人顧店會被劫財劫色，但我只覺得該拍手歡呼，小美人好棒。

他掃帚劍一轉，指向小七，長長呼出鼻息。

「這位同學，我們素昧平生，你不要一副欠我錢的樣子。我記性很好，你絕對沒有來我們店裡賒過帳。」

小七只是俯身朝小伙計行了大禮。這條街的街坊，人人都對小七恭敬有加，而能讓小七屈身的藥店學徒，身分一定更不得了。

「害你離開你的國家，十分過意不去，諸藥之君。」

「你認錯人了吧？」小伙計很無奈，但小七遲遲不肯起身，他也只好去扶他的腰，順便擦乾淨小七手上沾到的糖汁。「我聽說過那個國王一些事。離開重要的臣民雖然會難過，不過能救上許多人，總是好事情，不是嗎？」

小七拜了再拜，異常慎重，我在一旁安靜看著。

小伙計看來很無奈，說不定他常常被人家跪，才能馬上習慣有小男生把他當牌位供。

「啊，說錯別怪我，你是神明嗎？」小伙計突然問起小七的身分。

小七沒應聲，算是默認。

「聽說藥之國是個相當弱小的國家，如果你行有餘力，能不能保佑那些藥草小精靈少受到一些傷害？這樣我藥舖的生意才能維持下去。」

小七輕聲允諾。

「那我就不跟你收錢了。」他妖嬈一笑。我眞不忍對一個小男生做出此等評價，但他眞是個誘人的小妖精。

「小美人，還沒問你叫什麼名字？」我對每個心儀的小男生，一定要標上名牌才行。

他臉色一僵，似乎不太願意說。

「任生（人參）。」

「所以才叫參藥堂啊！」我兩手一拍，恍然大悟。

「如果妳敢問我人參怎麼賣，我會直接視妳爲性騷擾！」看來他被騷擾過很多次了。

「呵呵，小美人，這裡的參摸起來好不好啊？吃起來嫩不嫩啊？人參怎麼賣？」

小七捉住我的右手腕，行疾如飛地把我拖出藥舖，一副「人生可恥不過有了我這麼一個不要臉的老母」的淒涼樣子。

被拖走之前，我也學小七向小伙計拜了拜，與兔子一起感謝他。小七的恩人，就是媽媽的恩人。

等我們走完最後一塊紅磚地，城市慣有的排煙管臭味又漫上鼻間，反身再看，身後只有一面待拆的牆，林阿萍一雙老眼忍不住睜得老大。

「妖怪的坊市隨著人類都市遷徙，他們會慢慢佔領被人遺忘的舊市集，讓市街重生，等到人氣再被流動的財貨吸引過來，他們又會到下一個沒落的商圈做生意。和鬼市不一樣，他們沒有違背陽世的法則。」

小七平和地向我說明。他不聰明，卻很能下苦功學習各種世界的關係。

「所以能有妖怪賣菜，對老地方來說是件好事，對吧？」好事吉利，吉利坊。

不過我也喜歡違法的小地攤，只要不傷到人就好了。

「嗯。我的身分特殊，雖然他們大方招待我，但其他鬼怪卻可能因為我的氣息察覺到那條街眞正的位置，反而給他們添麻煩。」

所以這一路上，兔子才不敢貿然開口。

我沒有以爲他是故意鬧脾氣要和我冷戰，我明白他的所做所爲總是爲別人著想。

「大姊，妳一定覺得我很奇怪，一直做一些沒人懂的怪事，把自己弄得陰陽怪氣。」

「完全沒這回事，今天拿了那麼多免錢菜，還一口氣碰上那麼多新鮮事，很有意思呢！」我向七仙柔柔地笑了笑，他垂下異色雙眸。

重點是還遇到很棒的小男生，一定要跟小七七打勾勾保守祕密，別向阿夕告狀。

「大姊，那種才叫絕色，不要再說我是什麼滋補妳乾涸心靈的聖品，妳到底多想把我抓去煮？」

小七又用抗議來掩飾他在家裡受我寵愛的嬌羞，其實英明睿智的老母都知道。

我仰望被建築物切割得破碎的天空，出來走走，總有收穫，釐清了愛與同情心的差別，我並不是覺得他可憐，才會牽起他的手。

「媽媽我，果然還是最喜歡小七了啊！」

〈陰陽路〉卷五完

番外

狂骨亂

一日，白仙收到公會請託，請他尋回一批闖入番地伐老樟的樟腦工人。之前指派的道士，都變成冰冷的大體被抬回來，那批工人也多半凶多吉少。

「七仙，只要帶回屍首就好。」張天師無奈嘆息。「另外，很抱歉，我實在找不到別的人和你搭檔。」

與張天師沉重的臉色成了強烈對比，陸楓梓笑得死沒良心的漂亮臉蛋從公會會長背後探出頭來。

「七七，咱們道士這次要和蓬萊巫師眞正槓上了！」

「楓梓，你別一去就放火燒山，我想先和對方談談，知嘸？」

「知知知！」

於是，白仙帶著刀和簡便行囊，與騎紙驢的陸家道士結伴同行，要去中部山區漢人止步的番界。他們還沒上山，就從平地的溪河聞見血腥味，白仙眉頭皺得更緊。放眼望去，曾經那些只允許山林子民進入的「領地」，已經肉眼可見，自然結界被破壞大半。

陸楓梓的笑聲從身旁響起：「阿七，這次你要選哪邊，保護弱小的人類凶手，還是斬除強大的神靈？」

白仙略闔上眼，說：「以殺止殺，絕非正道。」

「那麼，又要以何止殺？」

「以道止殺，生於自然，亡於自然。」

「眞是太明亮了，幾乎要被你弄得睜不開眼。」陸楓梓那雙眼確實也只張開一半，一路上醒醒睡睡。「不過我還是得說句不中聽的，阿七，你能夠這麼說就這麼做，是因爲你足夠強大。」

白仙沒有反駁陸家道士的話，雖然陸楓梓總是瘋言瘋語，但在捉弄他以外的正經話，總是比他年歲應有的見識還要深遠，有意無意地想代師父指導他認知這個不熟悉的世界。

「楓梓，強大算不算好事？」

「阿七，你可難倒我了。我最多只知與天齊的強大感覺，不知道比天更巨碩的強大意念。強大好辦事，不該做的事也不會太難，而那不該的事，便是比天更巨碩的強大所決定的，當你違背比自己更強大的對象，就不是好事情了。」

「我有點混亂。」白仙老實承認。

「沒關係的，七七，身為你的小白臉，我完全明白你腦子不好。」

「不管你是不是把小白點叫錯成小白臉，這兩個詞都不該你來用。」

陸道士略過白七仙的異議，繼續陸家的講道：

「舉一個和我差不多的例子，下界主君鬼王陛下，與天齊的強大也不過如此，祂和天帝打起來應該是五五之數，闇與光本是一體兩面，沒有高下之分，但為什麼每次鬼王都輸得一塌糊塗？就是比祂還強大的強大沒有站在祂這一邊。」

「楓梓，原來陸家相信宿命。」

「是啊，我和巨碩的強大可是不共戴天，這點倒是和天帝臭味相投。」

「為什麼？巨碩的強大不是站在上蒼這邊嗎？」

陸楓梓突然閉上嘴，兩顆琉璃眼珠賊氣地向四周打量，好像在確認他們所處的荒郊野外是不是有人藏起來偷聽。

「阿七，有個人對你很好，每天給你糖吃，把你當作自己的孩子，但是那個人殺了你六個師兄。」

白仙原本以為自己的師父、師兄已經過世很久很久，足以淡忘放下，如今陸楓梓只是舉個例子，他竟然全力抵抗這個意念，連想像都不敢。

「啊，我忘了很重要的一點，這時候你的心已經被拿走了，所以不痛不癢。」

「就算失去情感，理智也無法接受。」

「天帝即是如此，所以祂老人家一直很乖，該糟蹋人就會來糟蹋人。」

「我快要聽明白，又被你弄糊塗了。」

「阿七，當你一切都無所謂的時候，就要恭喜你登上眾神之神的位子了！」

白仙猛然捂住陸道士的嘴。深林之中，隱約傳來人的歌聲，嘹亮高亢，歡欣之中卻摻著哭音，很不尋常。

陸楓梓垂著眼，有些走神，每當他處於這般狀態，眼中看的都不是此時此地的世間。

「阿七，都死了。」

白仙聽了，神色跟著黯下：「張大哥說了，至少要帶屍體回去。」

他抽出白刀，將兩人的聲音與外界隔絕，一同伏地爬向歌聲源頭，隱身在離火光最近的矮草叢中。

兩人與不少山番打過交道，卻沒見過綠色皮膚的人。他們外形與常人相差無幾，眼睛也是翡翠綠，只是摻了一點不純粹的紅。

綠色的人繼續唱著快樂的歌謠，許多鳥獸聚集而來，他們從其中選了一頭大熊，熊的四足分別由四個綠人抱著，霎時，綠人活生生地把聽話的野獸撕成四半，血花濺開。

他們興奮地把熊的頭放在火光前一個人類頭顱前，讓雙方四目相對。總計地上有九顆人頭，其中八個面前已經放置生獸的腦袋。

白仙從震驚中回神，想要上前阻止，卻沒辦法進入近在咫尺的生祭大典，一向親近他的空間，竟然在抗拒他。

「楓梓，他們犯了大錯，要阻止他們！」

「阿七，這個地方已經扭曲了，那個就要來了，你的天賦起不了作用。」

「我能做些什麼？」

「四維出現斷層，我們所見的，與他們的現實有時間差，這些都是已經發生的過去，你什麼都不能做。」陸楓梓遮住白仙的眼，沒讓他看見梅花鹿的死狀。「阿七，山林之子數目不多，擁有同一個母親，如兄如弟，密不可分，而漢人樟腦工人一口氣殺了他們九個同胞。他們一出生就享有母親賜予的幸福，從未遭遇不幸，突然受到這麼大的傷害，瘋狂了。神靈造了他們，他們便以爲自己可以像母親一樣，再造出同伴。」

歌聲還持續著，舞步紛亂，死人的頭顱咯咯笑了起來，加入綠人的狂喜之中。綠人伸手擁抱頭顱，頭顱張大嘴，咬下綠人的腦袋，把自身裝在綠人的頸上，九個綠人，爲了重生同伴，丟了九個腦袋。

「樟腦……銀子……」裝上漢人頭顱的綠人，喃喃說道，拿起一旁染血的斧頭，砍下綠人同伴的腦袋，很快地，半個普通綠人都沒有了。

沒有綠人，維持生機的力量也就斷了，死人頭顱落下，所有綠人死絕一地。空間的不和諧隨之瓦解，白仙踩進血泊之中，找不到一絲生機。

「阿七，這就是忤逆巨碩強大的下場。」陸楓梓冷淡地表明。深林響起淒厲嚎叫，緊接著是通天的慟哭聲，聲嘶力竭。創造綠人的母親，也就是山林之主，從白仙腳下的血泊悽慘現身，比他們兩個外人還晚了一步。

白仙認得山林之主，這名神靈雖然差點食了幼年的他，後來卻和他師父成了至交。師父曾嘆息說：小翠很喜歡他，不僅是對待萬物的喜歡。師父身子還健朗的時候，總會到祂棲身的森林走動。

「您有來弔唁我師父吧？」

山林之主認得白仙的袍子，白仙的氣息又或多或少穩定了祂瀕臨瘋狂的神志。

「雪以前會來看我，後來就沒來了，不見了……」

「很遺憾，我師父已經不在了。」白仙心頭興起憐惜，伸手撫摸神靈的褐色長髮。

白掌門死後，山林之主感到從未有過的孤寂，於是逆天用祂的力量造了新種，半人半樹，快活地生長在母親的土地上。

由於山林之主的寵愛，山林之子擁有充足的陽光、甘美的溪水、最美麗的森林作為他們的家——青翠榮盛又帶點嫣紅的樟楠林。

山林之主爲了維護這片天地，封界的神力衰弱下來，讓漢人瞧見徒步可及的山坡長滿成林的大樟樹，要是換算成樟腦，不知道價值多少白銀？

沒多久，消息就傳到商人耳中，於是樟腦商召集八名壯丁與一名工頭，拿著鋒利的斧斤上山來，入侵山林之子的家園。

山林之子沒見過漢人，才一靠近，就被棍棒砸破腦袋，不被當作同等的生命。工人們草草把綠色妖怪扔到山下，搭起樟腦寮，霍霍揮動大斧。

沒想到刀斧劈下去，樹幹的傷痕竟然流出滿滿鮮血，工頭感到不對勁，要大伙立刻收拾東西下山。等下次再帶更鋒利的器具、更厲害的道士上來，看妖怪敢不敢作怪。

然而，他們根本沒有離開的機會。

山林之主覆在祂子女的血沫上，哭出兩行血淚，無比憎恨帶來災禍的漢人，祂要報復，興起山洪，把沿河道而居的漢人全都淹沒在水中。

這個念頭，卻被陸家道士的冷言冷語打斷。

「哭什麼？哀悼什麼？想想爲什麼會有這種下場。從妳給了他們非自然的生命，他們便註定要受最殘忍的方式消失。因爲妳自私的念頭，賠上九條非妳子民的人命，妳又要爲他們付出什麼代價？」

「是我害的？」山林之主抬起一雙血紅的眸子。

陸楓梓凝視著美麗的祂，說：「是妳害的。」

「滾出去——！」

他們兩個被拔根而起的大樹狠狠掃落山崖。粉身碎骨之前，幸賴白仙刺入山壁的大刀硬撐著，陸楓梓則扒緊白仙的腰身。

剛目睹那場幻覺似的殺戮，即使山風大作，吹得兩人搖搖欲墜，他們還是忍不住在峭壁上談道。

「楓梓，那個母親失去她的孩子。」

「她害死了人。」

「原來你已經選了無條件『保護弱小的人類』。」

「我只是愛跟天命唱反調。」

「自從師父、師兄走了，我好像沒有自己以為的那麼喜歡人們。」

「沒有的事，你只是覺得這件事不太公平而已。你很喜歡人的，等你瘋狂地愛上某個女人就知道了。」

□

他們運著九顆頭顱回去，一路上，白仙總是發呆似地望著遠方。

知道世間殘酷，與親眼見上世間殘酷，是兩碼子事，何況他的心還在胸口跳動，不像自己早早捨棄身為人的軟處。

「阿七，你還是從良吧？」

「楓梓，你應該是想叫我『還俗』吧？」

「哎哎，反正，當道士實在太寂寞了。」

下集預告

陰陽路 06

孰對孰錯，世間自有它評判的規則，
而如果人世律法足夠完善，
就不會有那麼多憾恨被帶到黃泉之下。

好管閒事接下了陰狀子，
為女鬼挽救性命垂危的丈夫，
卻自己當頭被被陰氣沖到……

原來，小七的名籍在天上，
不能隨便插手陰間事，
阿夕更為了林民婦受牽連而大大不滿，
這一家，再度鬧了個天翻地覆……

《陰陽路》卷六，管閒事前該先自保──

國家圖書館出版品預行編目資料

陰陽路 / 林綠 著.——初版.——台北市：
蓋亞文化，2012.05
面； 公分.（悅讀館；RE265）

ISBN 978-986-6157-90-5（卷五；平裝）

857.7 100013682

悅讀館 RE265

05

作者 / 林綠
插畫 / AKRU
封面設計 / 克里斯
企劃編輯 / 魔豆工作室
電子信箱◎thebeans@ms45.hinet.net
出版社 / 蓋亞文化有限公司
地址◎ 台北市103赤峰街41巷7號1樓
電話◎（02）25585438 傳真◎（02）25585439
網址◎ www.gaeabooks.com.tw
部落格◎ gaeabooks.pixnet.net/blog
電子信箱◎ gaea@gaeabooks.com.tw
投稿信箱◎ editor@gaeabooks.com.tw
郵撥帳號◎ 19769541 戶名：蓋亞文化有限公司
總經銷 / 聯合發行股份有限公司
地址◎ 新北市新店區寶橋路二三五巷六弄六號二樓
電話◎（02）29178022 傳真◎（02）29156275
港澳地區 / 一代匯集
地址◎ 九龍旺角塘尾道64號龍駒企業大廈10樓B&D室
電話◎（852）2783-8102 傳真◎（852）2396-0050
初版二刷 / 2012年06月
定價 / 新台幣 240 元
Printed in Taiwan

ISBN / 978-986-6157-90-5

RE265
GAEA

陰陽路 05
陰陽なる途

蓋亞文化　讀者迴響

感謝您在茫茫書海中選擇了蓋亞，您的支持是我們最大的動力。
不要缺席喔，讓我們一起乘著夢想的羽翼，穿越時空遨遊天地！

姓名：性別：□男□女出生日期：　年　月　日
聯絡電話：手機：
學歷：□小學□國中□高中□大學□研究所職業：
E-mail：（請正確填寫）
通訊地址：□□□
本書購自：縣市　書店
何處得知本書消息：□逛書店□親友推薦□DM廣告□網路□雜誌報導
是否購買過蓋亞其他書籍：□是，書名：□否，首次購買
購買本書的動機是：□封面很吸引人□書名取得很讚□喜歡作者□價格便宜□其他
是否參加過蓋亞所舉辦的活動： □有，參加過　場□無，因爲
喜歡出版社製作什麼樣的贈品： □書卡□文具用品□衣服□作者簽名□海報□無所謂□其他：
您對本書的意見： ◎內容／□滿意□尚可□待改進　◎編輯／□滿意□尚可□待改進 ◎封面設計／□滿意□尚可□待改進　◎定價／□滿意□尚可□待改進
推薦好友，讓他們一起分享出版訊息，享有購書優惠 1.姓名：e-mail： 2.姓名：e-mail：
其他建議：

廣告回信 郵資免付
台北郵局登記證
台北廣字第675號

蓋亞文化有限公司 收

103 台北市赤峰街41巷7號1樓

GAEA

Gaea